Stephanie Werner
Boot 4

AF216272

Stephanie Werner
Jahrgang 1973, tätig im Bereich Finanzbuchhaltung. Schreibt Kurzkrimis, Reiseberichte, heitere Kurzgeschichten.
Bücher:
„Zerbrochenes Eis" und „Eiskalte Seele" (Kriminalromane)
„Gletscher, Eis und wilde Tiere" (Reiseerzählungen)
„Frohe Weihnachten" und „Frohe Weihnachten 2" (Weihnachtsgeschichten)
Beiträge in Anthologien.

Stephanie Werner

BOOT 4

Kreuzfahrtkrimi

Bibliografische Information der Deutschen Bibliothek
Die Deutsche Bibliothek verzeichnet diese Publikation in der
Deutschen Nationalbibliografie;
detaillierte bibliografische Daten sind im Internet über
http://dnb.ddb.de abrufbar

Copyright © 2019 – Stephanie Werner
Alle Rechte vorbehalten. Das Werk darf – auch teilweise – nur
mit Genehmigung der Autorin wiedergegeben werden.

Titelfoto:	Stephanie Werner
Gesamtgestaltung, Layout:	!zeichen.seTzung -
	Uta Lösken, Reichshof
	Stephanie Werner, Wiehl
Herstellung und Verlag:	BoD – Books on Demand,
	Norderstedt

ISBN 9-783749-455331

Prolog

Es ist eng, dunkel und kalt in der Kammer. Victoria spürt, wie die Kälte durch ihre Kleidung dringt und langsam von ihrem Körper Besitz ergreift. Was kann ihr dünnes Sommerkleid schon ausrichten gegen die permanent arbeitende Klimaanlage?

Sie versucht sich zu bewegen, ihren Köper vor dem Starrwerden zu bewahren. Vergeblich. Die fest zusammengeschnürten Beine und die auf dem Rücken gefesselten Hände machen dies unmöglich. Zitternd kauert sie auf dem Boden, den Rücken gegen ein Regal gelehnt. Ihre Handgelenke schmerzen nach den erfolglosen Versuchen, sich von den Fesseln zu befreien. Sie fühlt sich benommen und entkräftet, vermutlich hat er ihr ein Medikament ins Wasser gegeben. Warum nur war sie zu später Stunde allein nach draußen gegangen?

In wenigen Stunden wird der Raum genutzt, es wird ein ständiges Kommen und Gehen herrschen. Was hat er dann mit ihr vor?

Victoria blinzelt, als die Tür geöffnet und das Licht eingeschaltet wird. Es sticht in ihren Augen. Trotzdem erkennt sie den großgewachsenen Mann, der mittlerweile Jeans und Kapuzenpullover trägt. Sie zuckt zusammen, als er mit einem Messer in der Hand auf sie zukommt. Wortlos kniet er nieder und schneidet ihre Fesseln durch.

„Los! Steh auf!", befiehlt er, nachdem er sich wieder aufgerichtet hat.

Victoria rappelt sich auf, bleibt nur mit Mühe auf wackeligen Beinen stehen. Dann packt er sie grob am linken Oberarm und schubst sie durch die offenstehende Tür. Sie stolpert, gerät ins Straucheln, doch er hält sie mit eisernem Griff.

Im Restaurant Napoli am Heck des Kreuzfahrtschiffes ist es dunkel. Nur das Licht des Vollmondes scheint durch die großen Fenster, fällt auf den blauen Teppichboden. Der muskulöse Mann zerrt sie quer durch den großen Raum bis zur Glastür, die zum Außenbereich des Restaurants führt.

Victoria ahnt was er vorhat. Ihr Herz rast, die Angst schnürt ihr beinahe die Kehle zu. „Lassen Sie mich gehen. Ich werde nichts sagen", fleht sie verzweifelt.

„Das geht nicht. Warum warst du auch so neugierig?"

„Aber, ich wollte doch nicht …"

„Halt den Mund und hör zu. Du gehst jetzt langsam bis zur Reling. Dort zögerst du einen Moment, kletterst dann hinüber und springst", befiehlt er und lässt ihren Arm los.

„Nein", wimmert sie mit weit aufgerissenen Augen. „Nein. Ich will nicht sterben." Sie zittert vor Kälte, vor Angst.

Sofort durchzuckt ein heißer, stechender Schmerz ihren Körper. Victorias gellender Schrei wird vom Rauschen des Meeres verschluckt. Er hat ihr das Messer in den rechten Oberarm gerammt. Blut quillt aus der Wunde, läuft den Arm hinunter, tropft auf den Boden. Sie taumelt ein paar Schritte zurück, fängt sich jedoch wieder.

„Das war ein Vorgeschmack auf das, was passiert, wenn du nicht freiwillig springst", zischt er wütend. „Du hast die Wahl."

Victoria ist vor Angst wie gelähmt. Als sie sich nicht rührt, hebt er ruckartig das Messer und legt ihr die Klinge an den

Hals.

„Möchtest du eine weitere Kostprobe?", fragt er drohend.

Victoria schnappt nach Luft. Sie weiß, dass sie sterben wird. Niemand kann den beleuchteten Außenbereich des Restaurants einsehen. Doch sie will einen schnellen Tod, keine unerträglichen Schmerzen. Sie schüttelt den Kopf.

Er lässt von ihr ab und tritt einen Schritt zurück. „Dann weißt du, was du zu tun hast."

Wie in Trance wendet sie sich von ihm ab, geht langsam zwischen den Tischen hindurch zur Reling. Auf halbem Weg hält sie inne und dreht sich zu ihrem Peiniger um. Dieser hebt drohend das Messer. Victoria setzt ihren Weg fort, erreicht das Geländer. Dort verharrt sie einen Augenblick. Dann setzt sie den rechten Fuß auf die unterste Strebe, den linken auf die zweite. Erschöpft hebt sie das rechte Bein über die Brüstung, klettert auf die andere Seite und hält sich mit beiden Händen an der Reling fest. Unter ihr das Meer: undurchdringlich, kalt, tief. Hier endet die Reise zu ihrem 30. Geburtstag: Kein Leben mit Sebastian, keine Familie gründen. Was werden ihre Eltern denken? Was Sebastian? Victorias Augen füllen sich mit Tränen.

Dann lässt sie los.

Erleichtert verlässt der Mann das Restaurant. Wenn Victorias Ehemann am Morgen seine Frau als vermisst meldet, wird man auf den Aufzeichnungen der Überwachungskamera erkennen, dass die verzweifelte Frau aus freien Stücken von Bord gesprungen ist.

Zwei Jahre später

Kapitel 1

8. Mai 2018, Vancouver

„Es ist soweit", berichtet Jamie ihrem Chef, als sie nach Feierabend zum Auto geht, das sie direkt vor dem Eingang des großen Handwerksbetriebes geparkt hat. „Ich habe gerade ein Gespräch des Geschäftsführers mit zwei seiner Mitarbeiter belauscht. Diese Nacht geht die nächste Aktion über die Bühne." Während sie mit der einen Hand telefoniert, streift sie mit der anderen den Putzkittel ab, ihre Dienstkleidung der letzten zwei Wochen. Nachdem sie ihren Wagen aufgeschlossen hat, wirft sie den Kittel achtlos auf die Rückbank. Sie wird ihn nicht mehr brauchen.

„Gute Arbeit, Jamie. Ich bin noch in der Redaktion. Komm hierher und dann informieren wir die Polizei, damit sie die Schweine bei ihren kriminellen Machenschaften festnehmen kann", entgegnet Rick Cahill erfreut.

„Auf keinen Fall werden wir die jetzt schon verständigen", protestiert Jamie energisch. „Ich will dabei sein, wenn diese Mistkerle ihr Ding durchziehen, und nachher detailliert darüber berichten. Das kann ich nicht, wenn die Polizei Bescheid weiß. Sie wird mich außen vorhalten und meine Reportage kann ich vergessen. Dafür habe ich nicht zwei Wochen Klos geputzt."

„Ich verstehe dich ja, aber das ist viel zu gefährlich. Diese Typen sind Verbrecher!"

„Ich verspreche dir, ich werde kein Risiko eingehen und rechtzeitig die Polizei verständigen. Du kennst mich doch, Rick", sagt Jamie, setzt sich ins Auto und startet den Motor.

Ihr Chef seufzt. „Und weil ich dich kenne, verbiete ich dir einen Alleingang, du verdammter Dickkopf. Es wäre nicht das erste Mal, dass du in eine brenzlige Situation gerätst."

„Rick, ich bin dein bestes Pferd im Stall. Und das weißt du. Ich ziehe das allein durch oder du wirst meinen Artikel in einer anderen Zeitung lesen!", droht Jamie selbstbewusst. Sie wird nicht klein beigeben. Ihre Drohung wird keine Konsequenzen haben, weil er ihr niemals kündigen würde. Dafür ist sie zu gut in ihrem Job. Und falls doch, würde sie jederzeit bei einer anderen Zeitung genommen. Sie besitzt einen exzellenten Ruf in der Branche und einige ihrer Reportagen wurden bereits prämiert.

„Du kostest mich zehn Jahre meines Lebens", stöhnt Rick. „Also gut. Kompromiss: Wir werden nicht die Polizei verständigen, dafür nimmst du Tom mit."

„Tom? Der wird viel zu früh den Schwanz einziehen und die Polizei einschalten. Ich will ihn nicht dabei haben", protestiert Jamie und legt ihren Kopf entnervt auf dem Lenkrad ab. Immer diese Diskussionen.

„Vergiss es. Du wirst auf keinen Fall allein zu der Firma fahren! Das lasse ich nicht zu! Solche Verbrecher sind skrupellos. Falls sie dich entdecken, bist du geliefert. Die machen kurzen Prozess mit dir. Tom wird dafür sorgen, dass du nicht zu viel riskierst und dich in Lebensgefahr bringst. Ist das bei dir angekommen?"

Jetzt klingt die Stimme ihres Chefs drohend. Sie kennt ihn gut genug, um zu wissen, dass es nicht mehr lange dauern wird, bis er einen seiner berüchtigten Tobsuchtsanfälle bekommt. Doch sie hat nicht zwei Wochen den Müll anderer Leute weggeräumt, Büros geputzt und sich anraunzen lassen, dass sie später wiederkommen soll, weil man noch arbeiten müsse, und nebenbei recherchiert, um kurz vor dem Ziel ausgebremst zu werden. Wie oft hat Rick sie zurückgepfiffen und ihr dadurch „das große Finale" eines Berichts verdorben. Und wie oft hat er ihr vorgeworfen, nicht teamfähig zu sein, weil sie immer ihren Kopf durchsetzen und ihren eigenen Weg gehen will. Aber das ist ein Teil ihrer Persönlichkeit: geradlinig, willensstark und immer für ihre Ziele bis zum Ende einstehend. Aufgeben ist nie eine Option. Missstände, fundiert recherchiert, müssen aufgedeckt und die dafür verantwortlichen Personen zur Rechenschaft gezogen werden. Das ist der Sinn ihrer Arbeit als investigative Journalistin. Deshalb gibt es nur eine Möglichkeit.

„Also gut. Die Aktion ist für 2.00 Uhr geplant. Sag Tom, wir treffen uns um 1.30 Uhr auf dem Parkplatz des Supermarktes neben der Firma."

Um Punkt 22.30 Uhr stellt Jamie ihren Geländewagen auf dem Parkplatz des Supermarktes neben dem Handwerksbetrieb ab. Um diese Uhrzeit ist es in diesem Teil Vancouvers, in dem sich zahlreiche Firmen und Geschäfte angesiedelt haben, wie ausgestorben.

Jamie holt ihren Fotoapparat aus dem Handschuhfach und muss unwillkürlich lächeln. Rick wird vor Wut toben, wenn Tom ihn mitten in der Nacht informiert, dass sie ihn versetzt hat. Und morgen früh hat sie einen wütenden Chef am Telefon, der sich allerdings schnell wieder beruhigt, wenn sie ihm einen detaillierten Bericht über die kriminellen Machenschaften liefert.

Sie steigt aus dem Auto, schließt leise die Tür hinter sich und blickt sich nach allen Seiten auf dem beleuchteten Parkplatz um. Wie erwartet ist niemand zu sehen. Vorsichtig schleicht sie auf das Gelände der Firma, wo sie in den letzten zwei Wochen als Reinigungskraft gearbeitet und in unbeobachteten Momenten recherchiert hat. Nach einem anonymen Hinweis auf illegale Müllentsorgung, der per Post in der Redaktion eingegangen war, hat sie sich dort beworben und war tatsächlich einem Skandal auf die Spur gekommen. Aufgrund ihrer Recherche hat sie eine Vermutung, wo die Fässer verladen werden, und versteckt sich ungefähr zwanzig Meter vom Eingang der Halle entfernt im Schutz mehrerer großer Mülltonnen. Der Himmel an diesem Abend ist sternenklar und der Vollmond erhellt das gesamte Firmengelände. Sie muss auf der Hut sein. Nachdem sie fünfundzwanzig Minuten zusammengekauert hinter stinkendem Müll gewartet hat, nähert sich ein Fahrzeug. Mit zitternden Händen schaltet sie ihren Fotoapparat ein und vergewissert sich zweimal, dass der Blitz auch wirklich ausgeschaltet ist. Kurz darauf fährt ein Pick-up rückwärts vor die Halle. Zwei dunkel gekleidete Männer mit tief ins Gesicht gezogenen Schirmmützen steigen aus. Vermutlich sind es die Mitarbeiter, deren Gespräch mit dem Geschäftsführer sie am Abend belauscht hat. Beide schauen nach rechts und links, um sicherzugehen, dass sich niemand auf dem Gelände befindet. Erst dann schließt einer von ihnen die Hallentür auf und geht mit einer Taschenlampe hinein. Währenddessen öffnet der andere die Ladefläche des Pick-ups. Dann betritt auch er die Halle.

Jamie denkt an die Worte ihres Chefs, dass die Kerle Verbrecher sind und sie vorsichtig sein soll. Trotzdem, sie will die Aktion aus der Nähe verfolgen und jedes noch so winzige Detail mitbekommen. In geduckter Haltung schleicht sie zum Eingang und wirft einen Blick durch die geöffnete Tür hinein. Beide leuchten mit ihren Taschenlampen die Halle aus.

„Da vorne, das müssen sie sein", sagt einer der beiden und geht zielstrebig in die rechte hintere Ecke. „Das sind sie. Los, pack mit an."

Der zweite Mann nimmt sich einen Hubwagen, der an einer Seitenwand steht, und geht zu seinem Kollegen hinüber. Gemeinsam laden sie ein Fass auf den Wagen und ziehen es damit zur Tür. Jamie reagiert blitzschnell und versteckt sich wieder hinter den Mülltonnen. Von dort beobachtet sie, wie die Männer nach und nach fünf Fässer auf den Pick-up hieven.

„Noch eins, dann sind wir fertig", sagt der größere der beiden. Jamie überlegt. Wenn sie jetzt die Polizei rufen würde, würden die Männer bestreiten, die Fässer illegal entsorgen zu wollen. Sie würden behaupten, dass sie sie verladen, um sie am nächsten Tag zu einem Spezialentsorgungsbetrieb zu bringen. Dann würde man ihnen nichts nachweisen können. Soll sie dieses Risiko eingehen? Oder abwarten? Ihr bleiben nur wenige Sekunden, sich zu entscheiden. Doch für Jamie kommt nur eine Möglichkeit in Frage. Als die Männer wieder in der Halle verschwinden, verlässt sie erneut ihren Platz hinter den Mülltonnen und läuft zum Pick-up. Spontan klettert sie auf die Ladefläche und versteckt sich zwischen den Fässern, die die Männer abgedeckt haben. Ihr Puls rast. Hoffentlich nehmen sie die Plane nicht noch einmal herunter.

Kurz darauf verstauen die beiden den Rest und schließen die

Ladeklappe. Türen knallen, der Motor wird gestartet. Dann setzt sich der Pick-up in Bewegung. Jamie versucht, sich die schlecht gesicherten und hin und her rutschenden Fässer vom Leib zu halten. In jeder Kurve muss sie sich heftig dagegen stemmen, um nicht von ihnen verletzt zu werden.

Wohin bringen die Kerle ihre Ladung? Um das herauszufinden, zwängt sich Jamie während der Fahrt zwischen den Fässern hindurch zur Heckklappe. Dabei bewegt sie sich äußerst vorsichtig auf allen vieren voran, damit die Männer sie im Rückspiegel nicht bemerken. Am Ende der Ladefläche hebt sie die Plane an, um zu prüfen, in welche Richtung sie die Stadt verlassen. Jamie erkennt, dass sie sich auf der Straße nach Horseshoe Bay befinden. Vermutlich wollen die Verbrecher ihre Ladung an der Strecke nach Squamish an einer einsamen Stelle im Meer versenken. Nach einer langen Fahrt wird der Pick-up abgebremst. Sie biegen nach links ab und stoppen. Blitzschnell versteckt sich Jamie wieder im hinteren Teil der Ladefläche.

Türen werden geöffnet und wieder geschlossen. Anschließend entriegeln die Männer die Heckklappe und schieben die Plane ein Stück zurück. Dann heben sie das erste Fass herunter. Im fahlen Mondlicht beobachtet Jamie, wie sie es einen Abhang hinunterrollen. Diesen Moment nutzt sie, klettert von der Ladefläche herunter und versteckt sich unbemerkt im Gebüsch.

Sie kennt die Stelle, an der die Männer angehalten haben, um die Lacke und Farben im Meer zu entsorgen. Schnell wählt sie die Nummer der Polizei. Um zu verhindern, dass die Schweine vor deren Eintreffen abhauen, steigt sie in den Pick-up und zieht den Schlüssel ab, während die beiden das nächste Fass versenken. Als sie sich wieder im Gebüsch verstecken will, tritt sie auf einen Ast. Er zerbricht mit einem lauten Knacken unter ihrem linken Fuß. Sie zuckt zusammen. Wie gelähmt verharrt sie und hält den Atem an. Ihr Herz rast. Verflucht. Das hätte nicht passieren dürfen!

„Was war das?", zischt der größere der Männer erschrocken.

„Was weiß ich. Irgendein Tier. Vielleicht ein Bär", erwidert der kleinere ebenso leise. „Halt deine Pistole bereit."

„Das war kein Tier. Es ist plötzlich totenstill. Es ist uns jemand gefolgt."

„Quatsch. Du leidest unter Verfolgungswahn. Lass uns die restlichen Fässer abladen und verschwinden."

„Nein. Wir müssen nachsehen. Irgendjemand versteckt sich im Gebüsch." Mit der Taschenlampe leuchtet der größere die Umgebung ab. Jamie duckt sich unwillkürlich. Der Lichtschein bewegt sich direkt vor ihr auf dem Boden hin und her. Gleich hat er mich entdeckt. Verdammt. Wo bleibt die Polizei?

Dann fällt der Lichtkegel auf ihr Gesicht. Jamie erstarrt. Der Schreck fährt ihr durch alle Glieder. Jetzt ist es aus, schießt es ihr durch den Kopf.

„Hab ich's doch gewusst. Eine Schnüfflerin. Los, komm raus."

Jamie richtet sich selbstbewusst auf. Kerzengerade. Bloß keine Schwäche zeigen. Der Mann ist einen Kopf größer als sie, kräftig und ihr somit körperlich überlegen.

„Wen haben wir denn da?", fragt er erstaunt. „Die Putze aus der Verwaltung! Wie kommst du hierher? Hast du dich auf der Ladefläche versteckt?"

Jamie schweigt.

„Du bist gar keine Putze, stimmt's? Für wen arbeitest du?

Etwa für die Bullen?"

Jamie schweigt weiter.

Neben ihm ist inzwischen der kleinere Mann aufgetaucht. Dieser ist ungefähr so groß wie sie und schmächtig. „Die hat uns gerade noch gefehlt. Was machen wir mit ihr?"

„Wir müssen sie zum Schweigen bringen. Wir können keine Zeugen gebrauchen. Aber vorher will ich wissen, wer sie geschickt hat."

Jamie kann die Gesichter der beiden immer noch nicht erkennen, aber sie hat sie an ihren Stimmen identifiziert. Sie sind in dem Handwerksbetrieb unter anderem für die Entsorgung von Lacken, Farben und anderen Stoffen zuständig. Zwei unangenehme Typen, deren Namen sie nicht kennt. Als sie ihr Gespräch mit dem Geschäftsführer belauscht hat, konnte sie ihre Gesichter ebenfalls nicht sehen, denn sie haben mit dem Rükken zu ihr gestanden. doch ihre Stimmen passen eindeutig mit denen der ihr gegenüberstehenden Männer überein.

„Nun rede schon. Für wen arbeitest du?" Die Stimme des größeren Mannes klingt wütend.

„Das werde ich nicht sagen", erwidert Jamie ruhig. Bloß nicht einschüchtern lassen und die Fassung verlieren. Sie muss Zeit schinden, die Polizei ist unterwegs.

„Na gut. Dann werden wir dich eben auf andere Weise zum Sprechen bringen", entgegnet er ungerührt und macht einen großen Schritt auf sie zu. Im Mondlicht erkennt sie, dass er ein Messer aus seiner Jackentasche zieht. Blitzschnell packt er sie am Kragen ihrer Jacke und legt es ihr an den Hals.

Er hat sie so dicht an sich herangezogen, dass ihr der Geruch seines billigen After-Shaves in die Nase steigt. Sie hat das Gefühl, keine Luft mehr zu bekommen. Doch sie lässt sich von dieser Aktion nicht beeindrucken. „Die Polizei ist schon auf dem Weg hierher. Sie wird jeden Moment eintreffen. Es wäre äußerst unangenehm für euch, wenn sie hier eine Leiche vorfinden würde."

„Du bluffst doch", keift der Große und lässt sie abrupt los. Jamie tritt einen Schritt zurück, um nicht das Gleichgewicht zu verlieren. „Und jetzt rede endlich. Wer hat dich geschickt? Wer weiß noch von dieser Aktion?"

„Ich bluffe nicht. Ich habe die Polizei angerufen, als ihr das erste Fass entsorgt habt."

„Was ist, wenn sie die Wahrheit sagt?", fragt der kleinere Mann.

„Zeig mir dein Handy. Ich will sehen, welche Nummer du zuletzt gewählt hast." Der Große streckt fordernd die Hand aus.

„Vergiss es", entgegnet Jamie trotzig. Sie weiß, dass die beiden sie nicht töten werden, bevor sie ihnen die Namen genannt hat.

„Verdammt, jetzt reicht es mir", brüllt er und macht einen Schritt auf sie zu, um sie zu durchsuchen. Genau in diesem Moment tritt Jamie ihm kräftig zwischen die Beine. Er schreit auf und sackt auf die Knie. Dann rammt sie ihm den rechten Ellenbogen in den Rücken, so dass er der Länge nach zu Boden fällt und stöhnend liegen bleibt. Als der andere seine Pistole zieht, ertönen Polizeisirenen.

„Hilf mir! Wir müssen hier weg", befiehlt der Große seinem Komplizen. Dieser greift ihm unter die Arme, zieht ihn hoch und stützt ihn auf dem Weg zum Pick-up. Dort bugsiert er ihn auf den Beifahrersitz.

„Das wirst du bereuen, du Schlampe", droht der Verletzte.

„Das glaube ich nicht, denn ihr werdet für die nächsten Jahre hinter Gitter wandern", sagt Jamie ruhig.

Der kleinere Mann springt auf den Fahrersitz. Ein lautes Fluchen verrät, dass er das Fehlen des Schlüssels bemerkt hat.

„Übrigens: Wer ich bin und für wen ich arbeite, werdet ihr übermorgen in der Zeitung lesen. Ich werde euch natürlich gerne ein Exemplar zukommen lassen, falls ihr im Gefängnis keine Zeitung bekommen solltet."

Mit der freien Hand holt sie ihre Taschenlampe aus der Jackentasche und gibt den herannahenden Polizeifahrzeugen ein Zeichen wo sie sich befinden.

Kapitel 2

10. Mai 2018, Vancouver

„Das war wieder einmal hervorragende Arbeit, Jamie. Indem du dich undercover in diese zwielichtige Firma eingeschleust und so deren illegale Müllentsorgung aufgedeckt hast, hast du der Umwelt einen großen Dienst erwiesen und darüber hinaus unserer Zeitung eine hohe Auflage beschert", lobt Chefredakteur Rick Cahill seine Mitarbeiterin Jamie Miller. „Dass dieses Verbrechen ans Licht gekommen ist und die Verantwortlichen zur Rechenschaft gezogen werden können, ist allein deinem Durchhaltevermögen und deiner Furchtlosigkeit zu verdanken."

Dann nimmt er ein silbernes Tablett mit Sektgläsern von seinem Schreibtisch und verteilt sie an die anwesenden Kollegen. Anschließend erhebt er sein Glas und stößt mit Jamie an. „Wir sind stolz auf dich und gratulieren dir zu deinem Erfolg."

„Vielen Dank für deine netten Worte", entgegnet Jamie ergriffen. „Das Thema war mir ein großes Anliegen, denn wir müssen unsere Umwelt schützen und sie für unsere Kinder und Enkelkinder erhalten. Ich wollte unbedingt, dass diesen Umweltsündern das Handwerk gelegt wird und dafür war ich bereit, alles zu geben. Und die beste Möglichkeit, der illegalen Müllentsorgung nach dem Hinweis unseres Informanten auf die Spur zu kommen, war nun mal, mich als Putzfrau in die Firma einzuschleusen. So bekam ich ungehinderten Zugang zu sämtlichen Büros und konnte schließlich das Gespräch belauschen, in dem die nächste Entsorgung abgesprochen wurde."

Ihr Kollege Tom lacht. „So ist sie nun mal, unsere Jamie. Wenn sie sich eine Sache in den Kopf gesetzt hat, lässt sie nicht mehr locker. Dann ist sie ein kleiner Wadenbeißer. Das habe ich schon zu spüren bekommen, wenn wir gemeinsam recherchiert haben. Und sie arbeitet mit allen Tricks, um ihre Sache allein durchzuziehen und sich nicht durch irgendwelche, nennen wir sie mal vorsichtigere Kollegen, bremsen zu lassen."

Jamie kann sich ein Grinsen nicht verkneifen. Tom spielt darauf an, dass sie ihm eine falsche Uhrzeit für den Beginn der illegalen Müllentsorgung genannt hat. Als er bei der Firma eintraf, waren die Täter längst festgenommen. „Wenn man für eine Sache brennt, muss man für seine Ziele kämpfen, auch wenn es schwierig wird."

„Dieses Mal ist dein Alleingang gut ausgegangen", sagt Rick. „Ich bitte dich aber, in Zukunft etwas zurückhaltender zu sein."

„Dass ich meinen investigativen Journalismus weiterhin mit viel Leidenschaft betreiben werde, verspreche ich dir. Dass ich dabei zurückhaltender sein werde, das ..." Jamie schaut ihren Chef verschmitzt an und wiegt den Kopf langsam von rechts nach links und wieder zurück.

Rick seufzt und schüttelt den Kopf. „Okay, ich habe verstanden. Du wirst weitermachen wie bisher. Wegen dir werde ich eines Tages einen Herzinfarkt bekommen. Aber was soll ich machen?"

„Nichts", grinst Jamie. „Du musst mich so nehmen, wie ich

bin."

Dann schaut sie auf die Uhr. „Es ist schon 12.00 Uhr. Leute, ich muss los. Sonst legt das Schiff ohne mich ab."

„Wellness, Bingo, Shuffleboard spielen. Meinst du nicht, die heile Welt auf einem Kreuzfahrtschiff wird dir zu langweilig?", spottet Tom.

„Das glaube ich nicht. Ich werde in die Sauna, zum Friseur und zur Massage gehen, ein Buch lesen und die Wildnis erkunden. Das ist eine gute Mischung. Ich habe seit einem Jahr keinen Urlaub mehr gehabt und werde diese Reise einfach nur genießen."

„Na dann viel Spaß und erhol dich zur Abwechslung wirklich mal. Du hast es bitter nötig. Vermute nicht hinter allem und jedem ein Unrecht, das du verfolgen musst", sagt Tom und umarmt seine Lieblingskollegin zum Abschied.

„Keine Angst. Ab sofort bin ich im Urlaub und werde nicht mehr an die Arbeit denken. Also bis nächste Woche, mach`s gut." Jamie küsst ihn auf die Wange und verabschiedet sich dann von den anderen Kollegen.

Anschließend geht sie mit schnellen Schritten zurück in ihr Büro. Dort richtet sie eine Abwesenheitsnotiz für diejenigen ein, die ihr während ihres Urlaubs eine E-Mail schreiben. Sie hat nicht vor, diese auf ihren privaten E-Mail Account umzuleiten. Als sie das erledigt hat, verstaut sie Notebook und Kamera in ihrer Tasche und wirft einen abschließenden Blick über den Schreibtisch. Sie hat alles erledigt. Dann verlässt sie voller Vorfreude auf erholsame Tage die Redaktion.

Die Einschiffung in Vancouvers Kreuzfahrtterminal am Canada Place läuft bereits seit 12.00 Uhr. Da die Entfernung von

Jamies Büro in der Hastings Street dorthin lediglich ein paar hundert Meter beträgt, geht sie die kurze Strecke zu Fuß. Ihre jüngere Schwester Kim, mit der sie die langersehnte Kreuzfahrt nach Alaska unternehmen wird und mit der sie zusammen in einer Wohngemeinschaft lebt, bringt ihren Koffer im Taxi mit.

Als Jamie mit fünfzehn Minuten Verspätung den Canada Place erreicht, wartet Kim bereits am vereinbarten Treffpunkt.

„Hallo Schwesterchen. Ich habe schon Angst gehabt, du wärst einem neuen Skandal auf der Spur und kämst nicht mehr", scherzt sie, als sie Jamie zur Begrüßung umarmt.

„Keine Sorge. Ich habe mich so sehr auf diese Reise gefreut, dass ich dafür jeden Skandal eine Woche warten lassen würde. Ich werde diese freien Tage genießen und kein Wort über den Job verlieren. Versprochen!", erwidert Jamie lachend und betrachtet neugierig das Kreuzfahrtschiff, welches rund 2500 Passagieren Platz bietet und für die nächste Woche ihr Zuhause sein wird.

„Dann auf nach Alaska", sagt Kim fröhlich und geht mit ihrem Koffer voraus zum Kreuzfahrtterminal.

„Welche Dimensionen! Das Schiff wirkt wie ein zehnstöckiges Hochhaus, wie eine schwimmende Stadt", entfährt es Jamie, als sie sich der Starlight Symphony nähern. „Wir werden uns bestimmt ständig zwischen all den Bars, Restaurants und Geschäften verlaufen."

Sie bleibt stehen und betrachtet andächtig den riesigen, blau, weiß und grün gestrichenen Stahlkoloss mit seinen zahlreichen Decks und den schier unendlichen Reihen von Fenstern und Balkonen. Die Länge des Schiffs ist enorm. Laut Prospekt beträgt sie rund 250 Meter. Das ist mehr als eine halbe Runde auf dem Sportplatz! Auf dem obersten Deck stehen bereits einige Passagiere an der Reling und verfolgen das Treiben im Hafen. Von der Pier aus wirken sie wie Spielzeugfiguren. Hoffentlich wird ihr nicht schwindelig, wenn sie später von oben hinab in die Tiefe schaut. Jamie hat Respekt vor diesem Giganten, vor allem vor seiner Höhe.

„Mir ist schleierhaft, wie solch ein Koloss schwimmt und nicht wie ein Stein untergeht", murmelt Jamie ehrfürchtig.

„Jetzt sag bloß nicht, du hast Angst. Du bist doch sonst nicht so zimperlich. Ich bin diejenige von uns, die immer Schiss vor allem hat!", spottet Kim mit einem Seitenblick auf ihre große Schwester.

Jamie reißt sich vom Anblick der Starlight Symphony los. Schon seit vielen Jahren sieht sie regelmäßig die unterschiedlichsten Kreuzfahrtschiffe im Hafen liegen. Doch sie hat sich nie wirklich dafür interessiert und war ihnen noch nie so nah gewesen. „Nein, nein, ich habe keine Angst. Ich staune lediglich über diese Dimensionen. Ich finde es unglaublich, dass hier heute Abend inklusive Besatzung rund 3500 Menschen an Bord sein werden."

„Nun komm endlich", drängelt Kim ungeduldig. „Ich möchte das Schiff nicht nur von außen sehen. Ich möchte endlich hinein und es mir mit einem kühlen Getränk an Deck in der Sonne gemütlich machen."

Obwohl zahlreiche Taxen und Busse am Terminal halten, um Passagiere aus der ganzen Welt abzusetzen, ist in der großen Abfertigungshalle nicht viel los. Jamie und Kim reihen sich in die kurze Warteschlange ein und bereits nach wenigen Minuten wird ihnen ein Schalter zum Einchecken zugewiesen. Sie legen der freundlichen Dame ihre Kreditkarten, Reisepässe und die Express Dokumente vor, die sie einige Tage zuvor online auf der Homepage der Kreuzfahrtgesellschaft vervollständigt und anschließend ausgedruckt haben. Dann wird ein Foto von ihnen für die Cruise Card gemacht und kurze Zeit später halten sie diese auch schon in den Händen.

„Diese Karte wird beim Betreten und Verlassen des Schiffs von den Security Mitarbeitern gescannt. Darüber hinaus öffnen sie damit Ihre Kabinentür und benutzen sie als Zahlungsmittel an Bord", erklärt die Dame und händigt ihnen anschließend das Programm für den ersten Abend aus. „Ich wünsche Ihnen eine schöne Reise."

Die Schwestern bedanken sich und folgen dem ausgeschilderten Weg zum Schiff. Unterwegs zur Gangway erwartet sie ein Fotograf, der ein Begrüßungsfoto von ihnen vor dem Hintergrund des Hafens macht. Anschließend betreten sie erwartungsvoll das Schiff mit dem poetischen Namen Starlight Symphony.

Am Eingang begrüßt sie ein freundlicher Kellner und bietet ihnen Sekt an.

„Auf eine abenteuerliche Reise mit unvergesslichen Erlebnissen", sagt Kim und hebt feierlich ein Glas mit alkoholfreiem Sekt.

„Und darauf, dass wir Wale, Elche und Bären sehen", ergänzt Jamie und stößt mit ihrer Schwester an.

„Und darauf, dass sich dein Beziehungsstatus auf dieser Reise von ledig auf liiert ändert und du einen reichen Mann kennenlernst", fügt Kim grinsend hinzu.

„Kim!"

„Im Ernst. Hier an Bord gibt es mit Sicherheit die ein oder

andere gute Partie zu machen!"

„Wenn ich mich umsehe, scheinen 80 Prozent der Passagiere 60 plus zu sein. Ich bin fünfunddreißig. Das ist nicht meine Altersklasse", flüstert Jamie leise zurück. „Und was ist mit dir?"

„Lass uns die Taschen auf die Kabine bringen und dann das Schiff erkunden", schlägt Kim vor, ohne auf Jamies Frage einzugehen. „Ich bin so gespannt."

Jamie lächelt. Sie freut sich, dass ihre kleine Schwester wieder so lebenslustig ist. Nach der schweren Zeit, die sie durchgemacht hat, in der sie ihren Alltag über viele Monate nicht mehr selbst bewältigen konnte, ist es umso schöner zu sehen, dass sie ganz die Alte ist und ihr Leben wieder im Griff hat.

Die Schwestern fahren mit dem Aufzug hinunter auf Deck 3, wo sich ihre Außenkabine auf der Steuerbordseite befindet.

„Wow! Die Kabine ist toll", sagt Kim erfreut, als sie die Tür öffnet und als Erste den Raum betritt.

Jamie ist ebenfalls beeindruckt. Kleiderschrank, Schreibtisch und Stühle sind aus hellem Holz, das Sofa ist dunkelbraun. Die Einzelbetten befinden sich jeweils rechts und links des Fensters an den Wänden. So wirkt die Kabine geräumig. Durch das große Panoramafenster strahlt die Sonne herein und schafft eine warme Atmosphäre.

„Hier werden wir uns wohlfühlen", stimmt Jamie zu und wirft einen Blick in das kleine Badezimmer mit Dusche und WC, Föhn und Pflegeprodukten, wie Shampoo und Lotion. Es fehlt hier an nichts.

Nachdem sich beide frisch gemacht haben, brechen sie zu einem Rundgang durch das Schiff auf: Sie prüfen die Speisekarten der verschiedenen Restaurants, schauen sich die Auslagen der Geschäfte an, informieren sich mit Interesse über die Angebote im Sport- und Wellnessbereich und sehen sich im Theater, den verschiedenen Bars und in der Bibliothek um. Die vorhandenen Einrichtungen sind modern und gepflegt und lassen keine Wünsche offen.

Anschließend bestellen sie sich in einer der Bars alkoholfreie Cocktails und suchen sich auf dem Pooldeck zwei freie Liegestühle an der Reling.

„Ist das nicht schön", seufzt Kim wohlig, als sie sich hingelegt haben. „Die Sonne scheint vom strahlend blauen Himmel, es ist warm und wir können das Starten und Landen der Wasserflugzeuge beobachten."

„Dazu der Blick auf die Skyline von Vancouver und den Canada Place und einen leckeren Cocktail. Was will man mehr", ergänzt Jamie und blinzelt in die Sonne.

„Sieben Tage Massage, Fitness, Sauna und Shoppen kombiniert mit indianischer Kultur, atemberaubender Natur und wilden Tieren. Das ist einfach die perfekte Mischung!"

Jamie ist froh, dass sie Kims Vorschlag zugestimmt hat, sie auf dieser Reise zu begleiten. Kim ist nicht nur ihre kleine Schwester, sie ist auch ihre beste Freundin. Ganz selten kommt es zwischen ihnen zu Meinungsverschiedenheiten. Diese sind meist schnell wieder aus dem Weg geräumt. Deshalb kann dieser Urlaub nur phantastisch werden.

Zwei Stunden genießen sie die entspannte Atmosphäre, dann gehen sie in ihre Kabine. Dort sind in der Zwischenzeit ihre Koffer eingetroffen. Sofort verstauen sie ihre Garderobe in den Schränken.

Sie sind gerade mit Auspacken fertig, da erfolgt die Durchsage des Kapitäns für die Rettungsübung. Diese findet vor

Auslaufen des Schiffs statt und jeder Passagier muss daran teilnehmen. Auf ihren Cruise Cards ist der Buchstabe ihrer Sammelstation vermerkt und dem Plan an der Innenseite ihrer Kabinentür entnehmen sie deren Lage. Zügig begeben sie sich zu ihrem Sammelpunkt, der sich auf der Steuerbordseite von Deck 5 befindet. Dort scannt ein Offizier ihre Cruise Card und sie müssen sich in einer Reihe aufstellen. Als alle Passagiere, die zu dieser Station gehören, anwesend sind, erhalten sie Informationen, wie sie sich im Notfall zu verhalten haben, und eine Demonstration über das Anlegen der Rettungsweste. Danach dürfen sie gehen und Jamie hofft, dass sie nie in eine Notsituation geraten werden.

Gegen 17.00 Uhr ist es endlich soweit. Die Starlight Symphony verlässt den Hafen von Vancouver. Das wollen sich Jamie und Kim auf keinen Fall entgehen lassen und verfolgen das Auslaufen vom obersten Deck aus. Angehörige und Touristen stehen auf der Pier und winken. Sie werden kleiner und kleiner. Es ist ein unbeschreibliches Gefühl, als sich das Schiff langsam von der Stadt entfernt und auf den Weg in die Inside Passage macht.
Nachdem auch die Skyline von Vancouver immer kleiner wird, gehen sie ins Atlantic Restaurant und nehmen das Abendessen ein.
„Wie gut, dass wir so früh dran sind. So haben wir noch einen Fensterplatz ergattert", freut sich Kim und strahlt über das ganze Gesicht. Sie hat sich für das Abendessen extra umgezogen und trägt zu ihrer schwarzen Jeans eine weiße Bluse und einen dünnen schwarzen Poncho. Dieser bildet einen schönen Kontrast zu ihren langen, blonden Haaren, die ihr auf die

Schultern fallen. Ihr Lieblingstuch hat sie locker um den Hals gelegt.

Jamie hat sich ebenfalls umgezogen und für eine dunkelblaue Jeans, eine weiße Bluse und einen dunkelblauen Blazer entschieden. Ihre langen, schwarzen Haare hat sie auf der linken Seite zu einem Zopf geflochten.

„Ja. Wir haben wirklich Glück gehabt. Schau dir die Berge an. Ist das nicht ein phantastischer Anblick?", schwärmt Jamie und nimmt die Speisekarte von ihrem indonesischen Kellner Mohammad entgegen.

„Es ist noch schöner, als ich es mir erträumt habe", entgegnet Kim und studiert anschließend ausgiebig das Menü. „Ich nehme das Steak, vorweg die Currysuppe und zum Dessert die Crème Brulée."

„Das esse ich auch", sagt Jamie und schließt ihre Karte.

Sofort ist Mohammad zur Stelle, schenkt ihnen Wasser ein und nimmt die Bestellung auf. Dann schaut sich Jamie in dem stilvoll eingerichteten Restaurant um. Der Teppich ist dunkelrot und weiß gemustert und bildet einen schönen Kontrast zu dem dunklen Holz der Stühle und Tische, die so angeordnet sind, dass jeweils vier, sechs oder acht Personen zusammen sitzen können.

„Sehr gediegen eingerichtet", stellt sie fest und nickt anerkennend.

„Das ist es", stimmt Kim zu. „Schau dir die riesigen Kronleuchter mit den herabhängenden Kristallen an. Die gefallen mir. Und die Tische sind hübsch eingedeckt mit den cremefarbenen Stoffservietten, den edlen Gläsern und der Vase mit der roten Rose."

In diesem Augenblick serviert Mohammad bereits die Suppe.

„Guten Appetit", wünscht er ihnen und strahlt sie an.

„Hm, lecker", sagt Kim, als sie probiert hat. „Wenn hier alles so gut schmeckt und wir eine Woche lang mittags und abends drei Gänge essen, passen unsere Hosen nicht mehr."

„Das befürchte ich auch, aber ich habe nicht vor, während meines Urlaubs zu fasten."

„Genau. Weniger essen können wir zu Hause. Sag mal, hast du dir schon die Liste mit den Ausflügen durchgelesen?"

„Ja, habe ich", entgegnet Jamie, nachdem sie den letzten Löffel Suppe gegessen hat. „Was hältst du von dem Rundgang durch den Regenwald in Ketchikan?"

„Der gefällt mir", sagt Kim und kramt in ihrer Handtasche nach der Ausflugsliste, während Mohammad abräumt und den Hauptgang serviert.

„Das Steak ist exzellent gebraten", schwärmt Jamie. „Dann melden wir uns also für den Rundgang an."

„Ja. In Juneau würde ich gerne zum Mendenhall Gletscher fahren. Das könnten wir allerdings auf eigene Faust unternehmen. Ich habe gelesen, dorthin fahren Busse, die relativ günstig sind."

„Das ist eine gute Idee. Dann sind wir flexibler als mit einer Gruppe und können länger bleiben, wenn es uns gefällt. Was unternehmen wir in Skagway?"

„Lass uns mit dem Zug zum White Pass fahren. Das ist bestimmt ein tolles Erlebnis."

„Gut, machen wir. Puh, ich bin eigentlich satt", stöhnt Jamie, als sie ihren Teller geleert hat.

„Ich auch. Trotzdem, die Crème Brulée lasse ich mir nicht entgehen", entgegnet Kim, als Mohammad die Teller abräumt und Wasser nachgießt.

Kurz darauf bringt er das Dessert. Schweigend genießen die Schwestern ihren Nachtisch.

„Das war sehr lecker, aber ich platze gleich." Jamie hält sich den Bauch. „Willst du noch etwas trinken? Oder sollen wir aufbrechen?"

„Lass uns in die Observation Lounge gehen und die Landschaft genießen", schlägt Kim vor und will aufstehen.

Sofort ist Mohammad zur Stelle und zieht den Stuhl zurück.

„Einen schönen Abend. Bis morgen", verabschiedet er sich.

Die Observation Lounge liegt vorne auf einem der oberen Decks. Von dort aus hat man durch die riesigen Panoramafenster einen grandiosen Ausblick auf das Meer und die Küstenlandschaft. Hier versammeln sich nach dem Essen viele Passagiere, um das Wasser nach Walen oder Delfinen abzusuchen und die vorbeiziehende Landschaft zu beobachten. Diese Lounge ist ein absoluter Wohlfühlort. Der mintfarbene Teppich und die bequemen Sessel in einem ähnlichen Grünton, von denen jeweils vier um einen dunklen Holztisch platziert sind, sorgen für eine gemütliche Atmosphäre. Landkarten an den Wänden, verschiedene Muscheln auf hölzernen Raumteilern und Grünpflanzen runden das Bild ab.

Jamie und Kim genießen mehrere Stunden die Aussicht und gönnen sich den ein oder anderen alkoholfreien Cocktail. Nach einiger Zeit, als fast alle Plätze in der Lounge besetzt sind, fragt ein junges Paar, ob es sich zu ihnen setzen darf.

Sofort kommen die Schwestern mit ihnen ins Gespräch. Die beiden, Carrie und Bob, kommen wie sie aus Vancouver und sind auf Hochzeitsreise.

„Dann herzlichen Glückwunsch", sagt Kim und hebt ihr Glas. „Auf euch!"

„Danke. Ist das eure erste Kreuzfahrt?", fragt Carrie.

„Ja. Und bei euch?"

„Auch die erste. Na ja, fast wäre es die zweite gewesen", erwidert Bob.

„Was heißt ‚fast die zweite'?", fragt Jamie irritiert und schaut Bob neugierig an.

„Wir wollten vor drei Jahren schon einmal eine Kreuzfahrt machen, und zwar in Europa. Aber auf dem Weg dorthin hat jemand versucht, unser Flugzeug zu entführen."

Sofort wird Jamie hellhörig. Wie wollte der Entführer seine Forderung durchsetzen? Hat er unbemerkt eine Waffe an Bord schmuggeln können? Wenn ja, wo war die Schwachstelle bei den Sicherheitskontrollen am Flughafen gewesen? Gibt es dort Missstände aufzuklären? Tausend Fragen schwirren der Journalistin im Kopf herum.

„Ihr habt eine Flugzeugentführung erlebt?", hakt Jamie nach, obwohl sie in dieser Urlaubswoche nicht an ihre Arbeit denken wollte.

„Ja", sagt Carrie.

„Hat der Täter den Übergriff sofort nach dem Start oder erst über dem Atlantik gestartet?"

„Es war kurz nach dem Start. Direkt, als die Anschnallzeichen erloschen sind. Er war psychisch gestört und wollte erreichen, dass sein Bruder aus dem Gefängnis entlassen wird."

„Wie wollte er seine Forderung durchsetzen? Hat er eine Stewardess oder einen Passagier bedroht?" Jamie ist in ihrem Element.

„Er nahm von einem der Getränkewagen eine halbvolle Flasche Wein und ging damit auf die Toilette. Als er zurückkam, hat er sie nicht mehr in der Hand gehabt. Das fand ich seltsam.

Er begegnete im Gang einer Stewardess, zog urplötzlich aus seiner Jackentasche einen abgebrochenen Flaschenhals hervor und drückte ihn ihr an den Hals."

„Und dann?"

„Er drückte so fest zu, dass sofort das erste Blut floss. Die Passagiere haben geschrien. Dieser Verrückte verlangte, den Piloten zu sprechen."

„Das ist ja furchtbar", sagt Kim mit erschrockenem Gesichtsausdruck. „So etwas zu erleben ist der reinste Alptraum. Das tut mir leid für euch."

„Wie ging es weiter?", fragt Jamie ruhig. Sie hat es sich zur Gewohnheit gemacht, solche Vorfälle sachlich zu sehen und persönliche Gefühle auszuschalten.

„Mensch Jamie. Du bist nicht hier, um zu recherchieren. Hör auf, die beiden auszuquetschen!", mahnt Kim streng.

„Bist du Journalistin? Willst du darüber schreiben?", fragt Bob.

„Ja, ich bin Journalistin. Wenn ihr bereit seid, mir eure Geschichte ausführlich zu erzählen, schreibe ich gerne darüber. Oder wurde über euch schon einmal in einer Zeitung berichtet?"

„Nein. Wir können uns in den nächsten Tagen gerne unterhalten. Jedenfalls ist die Maschine umgekehrt, als Crewmitglieder den Kerl überwältigt haben. Carrie bekam Angst, wieder in einen Flieger zu steigen, und deshalb sind wir nicht in Europa gewesen. Da wir aber unbedingt mal eine Kreuzfahrt machen wollten, haben wir uns die Reise nach Alaska ausgesucht", erklärt Bob.

Dann wechseln sie das Thema und unterhalten sich über die angebotenen Ausflüge und welche davon sie buchen werden.

Jamie nippt zufrieden an ihrem Cocktail. Welch ein Zufall, dass sie bei rund 2500 Passagieren an Bord ausgerechnet die beiden kennengelernt haben, die eine wirklich außergewöhnliche Geschichte zu erzählen haben. Sie würde gerne darüber berichten.

Kurz vor Mitternacht, Carrie und Bob sind bereits gegangen, wird Jamie von Müdigkeit übermannt. Hinter ihr liegt ein anstrengender Tag, an dem sie früh morgens ins Büro gefahren war, um noch einige wichtige Dinge zu erledigen, die keinen Aufschub duldeten. Dazu kamen die vielen neuen Eindrücke, die zu Beginn ihrer ersten Kreuzfahrt auf sie eingeprasselt sind. Das alles hat sie erschöpft.

„Ich bin müde, Kim", sagt sie schließlich. „Ich möchte zu Bett gehen."

„Schade, ich bin noch gar nicht müde", entgegnet Kim enttäuscht.

„Du hast ja heute Morgen ausgeschlafen und Urlaub gehabt. Ich hingegen bin um 5.00 Uhr aufgestanden und musste einen halben Tag arbeiten."

„Das verstehe ich doch. Geh schon mal vor. Ich komme gleich nach. Ich möchte noch kurz nach draußen, frische Luft schnappen und mir den Sternenhimmel anschauen."

Als Jamie kurz darauf todmüde ins Bett fällt ahnt sie nicht, dass ihre Hartnäckigkeit und ihr Mut schon bald auf eine harte Probe gestellt werden.

Kapitel 3

11. Mai 2018, Inside Passage, Seetag

Das Bett, in dem Kim liegen sollte, ist leer. Die Decke ist akkurat gefaltet, ein Schokoladentäfelchen in rotem Glanzpapier mitten auf dem Kopfkissen drapiert, so, wie sie es gestern nach dem Abendessen vorgefunden haben.

Jamie richtet sich erschrocken in ihrem Bett auf. Das Sonnenlicht scheint durch das große Panoramafenster in die Kabine hinein. Irritiert schaut sie auf den Wecker. Es ist 8.00 Uhr. Doch wo ist ihre Schwester? Warum hat sie die Nacht nicht in der Kabine verbracht? Kurz vor Mitternacht verließen sie gemeinsam die Bar in der Observation Lounge. Kim war noch aufs Außendeck gegangen, um frische Luft zu schnappen, sie selbst zu Bett.

Hat sie jemanden kennengelernt? Mit ihm die Nacht verbracht? Ausgeschlossen! Oder vielleicht Bekannte getroffen? Letzteres wäre nicht abwegig. Viele Leute aus Vancouver unternehmen diese Kreuzfahrt. Doch nein. Kim hätte sich gemeldet.

Jamie springt aus dem Bett, schaut auf den Nachttisch, den Schreibtisch, den Couchtisch. Nirgends eine Nachricht.

Vielleicht hat Kim versucht sie anzurufen. Hastig greift Jamie nach dem Handy, das stumm geschaltet ist. Tatsächlich. Kim hat kurz nach Mitternacht angerufen. Jamies Herz rast. *Warum hat sie versucht mich zu erreichen? Wir hatten uns doch*

36

gerade erst getrennt! Sofort hört Jamie die Mailbox ab.

„Jamie, ich habe gerade...", schreit Kim außer sich ins Telefon. Noch ein paar Sekunden hört Jamie das Rauschen des Meeres, dann ein Poltern. Das Gespräch bricht ab.

Was war passiert? Was war das Poltern im Hintergrund?

Ein eiskalter Schauer läuft ihr über den Rücken. Hier geht es um Kim. Mit zitternden Händen wählt sie ihre Nummer. Doch bereits nach kurzer Zeit läuft die Ansage: Der Teilnehmer ist momentan nicht erreichbar.

Kapitel 4

Kims Abwesenheit und die mysteriöse Nachricht auf der Mailbox sind Jamie auf den Magen geschlagen. Sie spürt, wie die Übelkeit in ihr hochsteigt. Sie ist beunruhigt.

Schnell putzt sie die Zähne, schlüpft in Jeans und Bluse, die sie gestern Abend ausgezogen und über einen Stuhl gehangen hat. Ihre langen Haare fallen wirr auf die Schultern. Egal. Es geht nicht darum, perfekt frisiert durch die Schiffsboutiquen zu flanieren, sondern ihre Schwester zu finden. Und das, möglichst ohne viel Zeit zu verlieren, um die quälende Ungewissheit zu beenden. Sie will Klarheit, warum Kim die Nacht nicht in der Kabine verbracht und was dieser mysteriöse Anruf zu bedeuten hat.

Ungeschminkt verlässt Jamie die Kabine. Im letzten Augenblick denkt sie daran, das Schild mit der Aufschrift „Bitte nicht stören" von außen an die Türklinke zu hängen. Schließlich möchte sie nach ihrer Rückkehr duschen und Kim bestimmt auch.

Trotz ihrer Anspannung zwingt sich Jamie, strukturiert vorzugehen und nicht kopflos zwischen den einzelnen Decks hin und her zu wechseln. Systematisch will sie sämtliche öffentlichen Bereiche des Schiffs durchsuchen. Sie beginnt auf dem obersten Deck, um sich dann nach und nach bis zum untersten vorzuarbeiten.

Das Sportdeck, das in der Mitte offen ist und den Blick auf das darunterliegende Pooldeck freigibt, ist um diese Zeit bereits stark frequentiert. Walker und Jogger drehen ihre morgendlichen Runden im Licht der aufgehenden Sonne vor einer traumhaften Kulisse: der spiegelglatten und im Sonnenlicht wie ein Meer von Diamanten glitzernden Wasseroberfläche und der Küste in weiter Entfernung. Das hat sie auch gewollt. Den Tag mit ein paar Kilometern leichtem Joggen in der klaren Morgenluft beginnen, denn das kam in ihrem meist stressigen Alltag viel zu kurz. Dass sie das letzte Mal im Stanley Park gelaufen war, ist schon einige Wochen her.

Jamie schaut sich in jedem Winkel des Sportdecks um: im Bereich des typischen Kreuzfahrtspiels Shuffleboard, auf dem Basketball- und Volleyballfeld und in der Sports Bar. Alles ist verwaist. Die Spielfelder sind aufgeräumt, die schwarzen Lederhocker in der Bar stehen akkurat vor der langen Theke und an den Tischen vor den bodentiefen Fenstern. Nur auf dem großen Bildschirm an der Wand wird ein Fußballspiel übertragen. Zuletzt wirft sie einen Blick in die Observation Lounge am Bug des Schiffes. Dort sitzen bereits die ersten Naturliebhaber mit Ferngläsern und Fotoapparaten vor sich auf den Tischen liegend, die nach Walen und Delfinen Ausschau halten. Doch nirgends gibt es eine Spur von Kim.

Anschließend gelangt Jamie über eine Treppe auf das darunterliegende Pooldeck. Hier halten sich noch keine Passagiere auf. Lediglich einige Crewmitglieder sind mit Reinigungsarbeiten am Swimming-Pool und den Whirlpools beschäftigt, andere überprüfen die Bestände der kleinen Bar neben dem Eingang ins Schiffsinnere. Sie umrundet den rechteckigen Pool, an dessen langen Seiten sich jeweils zwei Reihen mit Sonnenliegen befinden, schaut in den angrenzenden Fitnessraum, in dem neben diversen Geräten zahlreiche Fahrräder mit

Blick aufs Meer stehen und durchquert den Saunabereich. Sogar im lichtdurchfluteten Sky Café mit seinen gemütlichen Korbsesseln und den Tischen aus hellem Holz, wo jedoch kein Frühstück angeboten wird, schaut sie sich um. Auch hier keine Spur von Kim.

Die nächsten beiden Etagen lässt Jamie aus. Dort befinden sich nur Passagierkabinen. Danach erreicht sie das Deck, auf dem sich zwei Restaurants befinden, in denen zu diesem Zeitpunkt hunderte Menschen frühstücken. Als sie das Atlantic Restaurant betritt, steigt ihr der Geruch von Rührei mit Speck und Würstchen in die Nase. Ihre Übelkeit wird stärker. Essen ist das Letzte, was sie jetzt möchte. Sie geht an sämtlichen Tischen vorbei, ignoriert die mit Toast, Spiegeleiern und Omeletts vollgepackten Teller und schaut sich stattdessen jeden einzelnen Passagier an. Vergebens. Selbst in Bereichen wie dem Theater, dem Casino, der Bibliothek und dem Friseursalon, die aufgrund der frühen Uhrzeit für einen Aufenthalt eigentlich auszuschließen sind, sucht sie ihre Schwester.

Der einzige Bereich, den Jamie jetzt noch nicht abgesucht hat, ist die Passage mit den Geschäften. Diese erstreckt sich auf einer Länge von rund dreißig Metern. Dort befinden sich rechts und links des Ganges eine Parfümerie, ein Juwelier, ein Fotogeschäft und eine Boutique mit Designerkleidung und Souveniers. Sie hat gerade das Juweliergeschäft passiert, wo sich eine ältere Dame von einer Verkäuferin ein Collier anlegen lässt, da erblickt Jamie ihre Schwester. Nur ein paar Meter vor sich. Die langen blonden Haare wie so oft zu einem dicken, seitlichen Zopf geflochten. In einer Hand zwei Tüten. Anscheinend hat sie sich ein neues Kleid gekauft und dieses direkt angezogen, denn Jamie kennt es nicht. Dazu trägt Kim ihre Lieblingssandaletten. Seelenruhig schlendert sie, sichtlich gut gelaunt, Hand in Hand mit einem großgewachsenen, sportlichen Mann an den Schaufenstern der Parfümerie vorbei und betrachtet intensiv die Auslage.

Jamie ist wütend. Sie merkt, wie ihr unwillkürlich die Zornesröte ins Gesicht steigt. Was denkt sich Kim eigentlich? Sie macht sich große Sorgen und ihre kleine Schwester bummelt mit einem fremden Mann in aller Ruhe über das Schiff!

Ein paar schnelle, energische Schritte und sie hat Kim eingeholt. Von hinten greift Jamie ihre linke Schulter und bringt sie so dazu, stehen zu bleiben.

„Mensch Kim, ich habe das ganze verdammte Schiff nach dir abgesucht und du …", schimpft sie.

Doch mitten im Satz bricht sie abrupt ab. „Oh, Entschuldigung", stammelt sie. „Ich habe Sie mit jemandem verwechselt. Tut mir leid."

Während die Fremde kopfschüttelnd weitergeht, bleibt Jamie ernüchtert zurück. Jetzt braucht sie erst einmal frische Luft und stürzt durch den nächsten Ausgang hinaus an Deck. Sie bleibt an der Reling stehen und starrt aufs Meer. Tausend Gedanken kreisen in ihrem Kopf herum. Zum ersten Mal in ihrem Leben hat sie Angst. Wo um alles in der Welt ist Kim?

Kapitel 5

Der großgewachsene, kräftige junge Mann mit den kurzgeschorenen schwarzen Haaren hat so lange am Ende des Gangs
auf Deck drei gewartet, bis alle Mitarbeiter des Housekee-
pings in den unzähligen Kabinen verschwunden waren. Dann
erst geht er zu Kabine 3226 und öffnet sie mit Kims Karte.

Vor einigen Minuten hat er beobachtet, dass eine weibliche
Person diese verlassen hat. Das muss Jamie, die Kim letzte
Nacht angerufen hat, gewesen sein. Aufgrund des Schildes
„Bitte nicht stören", das außen an der Türklinke hängt, vermu-
tet er, dass Jamie so schnell nicht zurückkehren wird. Sie will
damit sichergehen, dass sie bei ihrer Rückkehr nicht auf die
Kabinenstewardess trifft und warten muss, bis diese mit der
Reinigung fertig ist.

Wahrscheinlich sucht diese Jamie gerade das ganze Schiff
nach Kim ab. Das wird dauern, denn sie wird sie nicht finden.
So hat er genügend Zeit, sich umzusehen.

Die Kabine ist unaufgeräumt. Die Bewohnerin hat sie offensichtlich plötzlich und unerwartet verlassen. Ein Pyjama liegt
auf einem der Betten, Bücher und Zeitschriften auf dem Tisch,
mehrere Paar Schuhe stehen unter dem Schreibtisch.

Sofort beginnt der junge Mann, Schränke und Schubladen systematisch zu durchsuchen. Er will wissen, wer die Person ist,
die Kim in Kürze als vermisst melden wird und wer ihnen gefährlich werden könnte. Er will so viel wie möglich über sie

herausfinden: Beruf, Familien- und Vermögensverhältnisse. Vielleicht entdeckt er irgendetwas, das er im Zweifelsfall als Druckmittel gegen sie verwenden kann, falls sie ihnen auf die Spur kommen sollte. Natürlich hat er Handschuhe übergestreift, bevor er die Kabine betrat. Wenn die Polizei diese später durchsucht, dürfen keine Fingerabdrücke von ihm sichergestellt werden! Es wäre eine Katastrophe, wenn sie diese durch den Polizeicomputer jagen würden.

Im Kleiderschrank findet er zwischen einem Stapel T-Shirts und Jeans eine Handtasche. Sie gehört dieser Jamie. Neben Portmonee und Reisepass entdeckt er einen Ausweis, der ihm überhaupt nicht gefällt.

„Verdammt", flucht er leise und wirft die Tasche zurück in den Schrank. „Ausgerechnet eine Journalistin."

Das bedeutet, dass sie ihnen tatsächlich gefährlich werden kann. Journalisten sind von Natur aus wissbegierige Menschen, fragen ständig nach. Zudem verfügen sie über weitreichende Kontakte und Informationsquellen. Sie müssen also bei ihren weiteren Aktivitäten äußerst vorsichtig vorgehen, denn sie darf keinen Verdacht schöpfen, sonst wird sie alles zerstören. Alles, was sie sich mühevoll aufgebaut haben.

Auf dem Tisch, halb verdeckt von einer Zeitschrift, liegt das Smartphone der Journalistin. Er nimmt es in die Hand, um ihre Daten zu prüfen. Doch es ist durch eine PIN gesperrt. Mist. Er legt es wieder beiseite und durchsucht die Schubladen.

Außer den Tagesprogrammen und Schiffsinformationen befindet sich nichts darin. Suchend blickt er sich in der Kabine um.

Dann zuckt er erschrocken zusammen. Eine Karte wird in den Türöffner gesteckt. Er erstarrt. Ihm bleiben nur Sekunden um zu reagieren. Sekunden, in denen er entscheiden muss, ob er sich versteckt oder sich auf eine Konfrontation mit der Journalistin einlässt. Für letzteres braucht er allerdings eine verdammt gute Ausrede, warum er sich hier aufhält. Sonst wird sie misstrauisch.

Als die Kabinentür geöffnet wird, hält der junge Mann den Atem an.

„Kim? Bist du da?", hört er eine Frauenstimme rufen.

Durch den Spalt der angelehnten Badezimmertür beobachtet er, wie die Journalistin zum Tisch geht, ihr Smartphone nimmt und telefonieren will. Tausend Gedanken schießen ihm durch den Kopf. Wird sie die Kabine direkt wieder verlassen? Will sie sich im Bad frisch machen? Was würde sein Kollege sagen, wenn er sich hätte erwischen lassen?

Sie steckt ihr Handy ohne gesprochen zu haben in die Hosentasche und kommt auf das Bad zu. Ihre Hand greift nach der Türklinke. Er ist angespannt. Sein Körper verkrampft sich. Vorsichtig zieht er den Duschvorhang zu, um vollständig dahinter zu verschwinden. In der rechten Hand hält er den Duschkopf. Bereit, ihr diesen über den Schädel zu ziehen, falls sie ihn entdecken sollte. Was er danach mit ihr machen würde, würde er später mit seinem Kollegen überlegen. Das durfte er nicht allein entscheiden. Er schließt die Augen und betet. Das tut er sonst nie. Doch jetzt betet er, dass sie ihn nicht überrascht.

Dann schließt die Frau die Badezimmertür und es ist dunkel im Raum. Kurz darauf fällt die Kabinentür ins Schloss. Er atmet erleichtert auf. Sie ist weg. Es ist, als ob eine zentnerschwere Last von ihm abgefallen ist. Das ist gerade nochmal gut gegangen.

Eine Weile verharrt er in seiner Position für den Fall, dass sie etwas vergessen hätte und zurückkommen würde. Erst nach ein paar Minuten tritt er aus seinem Versteck hervor, um den Rest der Kabine zu durchsuchen und dann schnellstmöglich zu verschwinden.

Als er auf einen persönlichen Gegenstand von Kim stößt, hält er eine Weile inne und betrachtet ihn nachdenklich. Den würde er noch gebrauchen können. Deshalb lässt er ihn in seiner Hosentasche verschwinden und verlässt anschließend die Kabine.

Kapitel 6

Die Schlange an der Rezeption ist lang. Mindestens zwanzig Passagiere sind vor ihr dran, alles ältere Leute. Ungeduldig tritt Jamie von einem Fuß auf den anderen. Das Warten, bis alle ihr Anliegen vorgebracht und besprochen haben, dauert ihr zu lange. Für sie zählt jede Minute.

„Entschuldigung", spricht Jamie die vor ihr stehenden Personen an. „Würden Sie mich bitte vorlassen? Ich muss einen Notfall melden."

Die Passagiere sehen sie erschrocken an und lassen sie mit einem verständnisvollen „Ja, natürlich!" vor. Alle Wartenden reagieren auf die gleiche Art und Weise und schon steht sie am Anfang der Warteschlange. Hinter ihr raunen sich die Leute fragend zu, was denn wohl passiert sei.

Die wenigen Minuten, in denen die beiden Frauen an der Rezeption die Fragen zweier Ehepaare beantworten, erscheinen Jamie endlos. Am liebsten würde sie sich dazwischen drängen und sagen, ihr Anliegen sei wesentlich wichtiger als Fragen, ob man auf dem Schiff Geld umtauschen oder Briefmarken kaufen kann. Gerade, als sie an den Tresen vorpreschen will, verabschiedet sich eines der Paare.

„Guten Morgen. Wie kann ich Ihnen helfen?", fragt die junge Frau freundlich.

„Meine Schwester ist verschwunden", sagt Jamie tonlos.

Von einer Sekunde auf die andere wird ihr Gegenüber

kreidebleich. Vermutlich war sie noch nie zuvor mit solch einer Meldung konfrontiert worden. Es ist zweifelsohne - neben einem Feuer an Bord oder einem Leck mit Wassereinbruch – der Alptraum jeder Reederei.

„Einen Augenblick bitte. Ich hole sofort meine Vorgesetzte", entgegnet sie erschrocken und verschwindet eiligen Schrittes im Hinterzimmer.

Kurz darauf kehrt sie mit einer älteren Kollegin zurück. Diese trägt eine Uniform mit Streifen und hat ein Funkgerät in der Hand.

„Sie vermissen Ihre Schwester?", fragt sie besorgt. „Seit wann?"

Jamie zuckt mit den Schultern. „Gesehen habe ich sie zuletzt kurz vor Mitternacht. Ich weiß nicht, was ich machen soll", erklärt Jamie verzweifelt.

„Verstehe. Ich benötige dann Ihren Namen, den Ihrer Schwester und die Kabinennummer."

Jamie schreibt ihr die gewünschten Auskünfte auf einen Zettel.

„In Ordnung, Frau Miller. Ich werde sofort den Staff-Kapitän verständigen. Nehmen Sie bitte einen Moment Platz. Ich bin gleich wieder bei Ihnen." Sie deutet auf die Sitzbänke gegenüber der Rezeption und geht zurück ins Hinterzimmer.

Jamie lässt sich auf einer der mit rotem Samt bezogenen Bänke nieder und betrachtet das prächtige Atrium. In der Mitte befinden sich zwei gläserne Aufzüge, die zwischen den Etagen hoch und runter fahren. Vom Deck über ihr führen zwei geschwungene Treppen mit blauem Teppich und dunklen Handläufen, passend zu den Möbeln der Rezeption, hinab.

Dann vergräbt sie das Gesicht in den Händen. Was mag jetzt

alles auf sie zukommen? Was wird die Crew unternehmen? Wie lange dauert es, bis sie Kim gefunden haben?

„Entschuldigung, Frau Miller." Jamie zuckt zusammen, als sie eine Hand zaghaft an der Schulter berührt. Es ist die Frau in Uniform, Ana Meyers, wie auf ihrem Namensschild steht. „Bitte folgen Sie mir. Ich bringe Sie zum Staff-Kapitän."

Kapitel 7

Der Staff-Kapitän ist ein großer, sportlicher Mann Mitte fünfzig. Seine blonden Haare sind kurz geschnitten und an den Schläfen bereits ergraut. Obwohl es um einen Vermisstenfall geht, wirkt er erstaunlich ruhig und besonnen.

„Ich bin Aleksander Lund Hansen, der Staff-Kapitän hier an Bord. Und das ist unser Sicherheitsoffizier Oleg Schmid", stellt er sich und seinen ebenfalls hochgewachsenen, dunkelhaarigen, jedoch deutlich jüngeren Kollegen vor.

„Jamie Miller", entgegnet sie und reicht beiden die Hand.

„Bitte setzen Sie sich." Der Staff-Kapitän deutet auf die beiden Stühle vor seinem Schreibtisch. Jamie atmet tief durch, um in dem kleinen, fensterlosen Raum, der mit vielen Regalen zugestellt ist, keine Platzangst zu bekommen. „Seit wann vermissen Sie Ihre Schwester?", fragt er, während sich sein Kollege auf dem Stuhl neben Jamie niederlässt.

„Wir haben gestern kurz vor Mitternacht gemeinsam die Observation Lounge verlassen. Während ich in die Kabine gegangen bin, um zu schlafen, wollte sie noch auf einem der Außendecks frische Luft schnappen. Seitdem habe ich sie nicht mehr gesehen. Ihr Bett ist unberührt und auf meiner Mailbox habe ich eine merkwürdige Nachricht von ihr. Sie sagt <Jamie, ich habe gerade …>. Dann verstummt sie. Man hört noch einige Sekunden das Rauschen des Meeres, dann ein Poltern. Das war kurz nach Mitternacht. Ich habe ihren Anruf nicht bemerkt, weil ich mein Handy auf stumm geschaltet hatte, bevor ich zu Bett ging. Mehrfach habe ich versucht, sie auf ihrem Handy anzurufen, doch es ist ausgeschaltet. Ich habe das ganze Schiff nach ihr abgesucht. Aber ich kann sie nicht finden. Ihr muss etwas zugestoßen sein! Ich mache mir die größten Vorwürfe, dass ich den Klingelton abgestellt habe."

„Sie dürfen sich keine Vorwürfe machen."

„Was werden Sie jetzt unternehmen?"

Der Staff-Kapitän, der ihren Schilderungen ohne zu unterbrechen gefolgt war, atmet tief durch. Seine Miene wirkt besorgt.

„Zunächst wird die Crew sämtliche öffentlichen Bereiche des Schiffs durchsuchen. Auch besondere Räume, von denen man erst einmal nicht vermutet, dass sie dort sein könnte, wie zum Beispiel die Behindertentoilette. Möglicherweise ist sie irgendwo eingesperrt, weil eine Tür hakt oder etwas Ähnliches. In unserem Computersystem haben wir ein Foto Ihrer Schwester, das wird an alle an der Suche beteiligten Besatzungsmitglieder verteilt. Sollten wir sie nicht finden, werden wir die Suche auf den Crewbereich ausweiten. Vielleicht ist sie irgendwo falsch abgebogen, hat sich dort verlaufen und wurde versehentlich eingeschlossen. Wir werden auf jeden Fall alle Eventualitäten bei der Suche berücksichtigen und keine Möglichkeit außer Acht lassen, um sie zu finden. Währenddessen wird unser Sicherheitsoffizier die Bänder der Überwachungskameras prüfen. Vielleicht kann er darauf etwas feststellen", erklärt Staff-Kapitän Hansen.

„Was kann ich tun? Ich möchte helfen!", fragt Jamie und springt von ihrem Stuhl auf, als wolle sie direkt loslegen.

„Sie werden gar nichts tun", entgegnet er ruhig. „Lassen Sie uns unsere Arbeit machen. Gehen Sie in Ihre Kabine, für den Fall, dass Ihre Schwester zurückkehren sollte. Soll ich den

Arzt bitten, Ihnen eine Beruhigungsspritze zu geben?"

„Das ist nicht nötig. Aber ich muss etwas tun. Wenn ich herumsitzen und abwarten soll, werde ich verrückt."

„Frau Miller. Die Suche nach Ihrer Schwester ist unsere Aufgabe", entgegnet der Staff-Kapitän streng. „Vertrauen Sie uns. Wir wissen, was zu tun ist. Wir haben unsere Vorgaben, wie in solchen Situationen vorzugehen ist, und werden alles tun, sie zu finden. Beschreiben Sie mir bitte noch die Kleidung, die Ihre Schwester gestern Abend getragen hat."

Jamie überlegt. „Sie trug eine schwarze Jeans, eine weiße Bluse und darüber einen schwarzen Poncho. Warum wollen Sie das wissen? Sie haben doch ein Foto von ihr!"

Der Staff-Kapitän blickt betreten zu Boden. „Für den Fall, dass wir ein Kleidungsstück finden, das irgendwo in einer Ecke liegt oder über der Reling hängt. Wenn es sich dabei um die beschriebenen Sachen handelt, können wir sie direkt Ihrer Schwester zuordnen." Dann steht er auf.

„Aber Sie sagen mir sofort Bescheid, wenn Sie sie gefunden haben", gibt sich Jamie geschlagen.

„Selbstverständlich. Ich möchte Sie nur noch um eins bitten. Wir wissen noch nicht, was passiert ist und wie weit wir bei der Suche gehen müssen, das heißt, welche weiteren Maßnahmen wir ergreifen müssen. Behalten Sie das Verschwinden Ihrer Schwester daher vorerst für sich. Ich möchte nicht, dass die Passagiere unnötig beunruhigt sind. Vielleicht gibt es eine ganz einfache Erklärung für ihr Verschwinden und wir finden sie schnell."

„In Ordnung", verspricht Jamie. Sein Anliegen kann sie durchaus nachvollziehen.

Zurück in der Kabine bewegt sich Jamie wie ein Tiger im Käfig. Ungeduldig geht sie auf und ab, blickt immer wieder aus dem Fenster aufs Wasser und wartet auf eine Nachricht des Staff-Kapitäns. Doch lange Zeit passiert nichts. Weder klingelt das Telefon, noch klopft es an der Tür. In dieser Situation am schlimmsten zu ertragen ist die Untätigkeit, zu der sie verdammt ist. Sie ist es gewohnt, stets selbst aktiv zu sein, zu organisieren und zu entscheiden.

Immer wieder versucht sie, Kim auf dem Handy zu erreichen. Weiterhin vergeblich. Sie denkt darüber nach, ob sie ihre Eltern informieren soll. Nach reiflicher Überlegung entscheidet sie sich dagegen. Die beiden sind nicht mehr die Jüngsten und würden sich zu sehr aufregen. Würde die Crew Kim schnell finden, hätte sie ihre Eltern unnötig in Panik versetzt.

Eine Stunde später endlich das lang ersehnte Klopfen an der Kabinentür. Jamie stürzt zur Tür und reißt sie auf. Vor ihr steht der Staff-Kapitän. Allein. Sein Gesichtsausdruck verheißt nichts Gutes. Jamies Herz klopft bis zum Hals. Was wird er ihr jetzt mitteilen?

„Darf ich reinkommen?", fragt er, als sie keine Anstalten macht, ihn hereinzubitten.

„Natürlich." Jamie tritt zur Seite, lässt ihn vorbei und schließt die Tür.

Mitten im Raum bleibt er stehen und sieht sie mit betretener Miene an. „Es tut mir sehr leid Frau Miller. Die Crew hat sämtliche Bereiche des Schiffs gründlich durchsucht. Wir konnten Ihre Schwester nicht finden."

Diese Worte treffen Jamie wie ein Schlag in die Magengrube. Es ist, als ob ihr der Boden unter den Füßen weggerissen wird. Ihre Beine drohen zu versagen. Unbeholfen lässt sie sich auf ihr Bett sinken.

„Haben Sie auch wirklich überall gesucht? Sie muss doch irgendwo sein! Vielleicht ist sie verletzt und kann sich nicht bemerkbar machen! Vielleicht braucht sie dringend Hilfe!", hakt sie verzweifelt nach. Vor ihrem geistigen Auge sieht sie eine hilflose Kim, irgendwo tief im Bauch des Schiffes, die um ihr Leben kämpft.

Er schüttelt den Kopf. „Die Besatzung hat alles abgesucht. Sämtliche öffentlichen und nicht-öffentlichen Bereiche, jede noch so kleine Abstellkammer. Es gibt nicht eine Spur von ihr."

„Und jetzt? Wie geht es weiter?", fragt Jamie mit zitternder Stimme.

„Ihre Schwester wurde um 23.58 Uhr von einer Überwachungskamera auf Deck 5 erfasst. Dort hat sie mit jemandem gesprochen. Danach ist sie in einen nicht überwachten Bereich gegangen und ihre Spur verliert sich. Es ist eine schwierige Situation, weil wir keine Anhaltspunkte haben. Wir haben der Küstenwache die Koordinaten übermittelt, wo wir uns um diese Uhrzeit aufgehalten haben, und die danach gefahrene Route. Sie werden das in Frage kommende Gebiet jetzt mit Schiffen und Hubschraubern absuchen. Darüber hinaus haben Kapitän Andresen und ich in Abstimmung mit der Reederei entschieden, umzudrehen und ebenfalls zu suchen, für den Fall, dass sie erst vor kurzem über Bord gegangen ist."

Jamie schaut ihn ungläubig an. „Sie glauben, dass meine Schwester über Bord gegangen ist?", fragt sie entsetzt. Nein, das kann und will sie nicht wahrhaben.

„Sie ist auf dem Schiff nicht auffindbar. Also müssen wir davon ausgehen. Bitte verstehen Sie mich nicht falsch. Aber ich muss Ihnen jetzt ein paar Fragen stellen. Hat Ihre Schwester gestern Abend getrunken? War sie vielleicht stark angeheitert? Möglicherweise gab es infolge dessen einen tragischen Unfall und sie ist über die Reling gestürzt. Solche Fälle hat es auf Schiffen verschiedener Reedereien bereits gegeben."

Jamie zuckt zusammen. Für den Bruchteil einer Sekunde zögert sie. „Nein. Ausgeschlossen. Sie hat drei alkoholfreie Cocktails getrunken. Und nachmittags zur Begrüßung einen alkoholfreien Sekt. Davon ist man nicht betrunken", protestiert Jamie vehement gegen die Theorie des Staff-Kapitäns. Wie kann er sie so etwas fragen? Sie ist empört. Wenn Kim angetrunken gewesen wäre, hätte Jamie sie niemals allein an Deck gehen gelassen. Dann hätte sie Kim selbstverständlich begleitet, auch wenn sie müde gewesen war.

„Okay. Nun, es gäbe noch eine andere Möglichkeit. Und das ist der eigentliche Grund, warum ich Sie vorhin gefragt habe, welche Kleidung Ihre Schwester bei Ihrem Verschwinden trug. Es ist denkbar, dass sie aus freien Stücken gesprungen ist."

Dieser Satz trifft Jamie völlig unvorbereitet. Im Geiste wiederholt sie langsam die Worte des Staff-Kapitäns. <Es ist denkbar, dass sie aus freien Stücken gesprungen ist>. Sie sind unglaublich und es dauert einige Sekunden, bis sie darauf reagieren kann. Es war zwar Kims Idee gewesen, diese Kreuzfahrt zu unternehmen, doch dahinter steckte mit Sicherheit nicht die Absicht sich umzubringen. „Das ist nicht Ihr Ernst!", entgegnet sie wütend. „Meine Schwester hat sich nicht umgebracht. Sie war weder depressiv, noch gab es einen anderen Grund dafür, sich das Leben zu nehmen. Nein, hinter ihrem Verschwinden steckt etwas anderes. Wahrscheinlich wird sie von irgendeinem Psychopathen festgehalten und versteckt. Was ist mit der Person, die sie an Deck getroffen hat? Das ist Ihr Schiff. Also kümmern Sie sich gefälligst darum."

„Frau Miller, ich verstehe, dass Sie verzweifelt sind und das nicht wahrhaben wollen. Aber bitte haben Sie Verständnis dafür, dass wir alle Möglichkeiten durchspielen müssen. Es hat Fälle gegeben, in denen Passagiere aus freien Stücken gesprungen sind. Auch, wenn vorher keine Anzeichen von Depressionen festgestellt wurden. Alles, was man von ihnen fand, waren eine Jacke oder ein paar Schuhe, die an der Stelle lagen, wo sie gesprungen sind", versucht der Staff-Kapitän zu erklären. „Dass jemand sie auf dem Schiff festhält, halte ich für ausgeschlossen. Erstens haben wir alles abgesucht und zweitens, wer sollte einen Grund dafür haben?"

Jamie zuckt mit den Schultern. „Das weiß ich nicht. Ich weiß aber auch nicht, wem sie mitten in der Nacht bei ihrem Rundgang an Deck noch begegnet ist."

„Es sind alles reine Spekulationen. Wenn wir sie bei unserer Suche nicht finden, wird morgen in Ketchikan die Polizei an Bord kommen und das Schiff nach Spuren durchsuchen. Haben Sie in der Zwischenzeit nachgesehen, ob irgendetwas von Ihrer Schwester fehlt?"

„Ja. Alles ist noch da. Geld, Reisepass und sonstige Papiere liegen im Safe. Kann ich das Band der Überwachungskamera sehen?"

„Natürlich. Ich bringe Sie zu unserem Sicherheitsoffizier. Er wird es Ihnen zeigen."

Jamie folgt dem Staff-Kapitän zum Büro des Sicherheitsoffiziers. Dieses ist noch kleiner als das von Alexander Lund

Hansen und mit mehreren Monitoren zugestellt. Es wirkt wie die Schaltzentrale einer Sicherheitsfirma.

„Zeigen Sie Frau Miller bitte die Stelle auf dem Überwachungsvideo, wo ihre Schwester das letzte Mal zu sehen ist", sagt Staff-Kapitän Hansen. „Sie entschuldigen mich, ich muss zurück auf die Brücke und die Suche koordinieren. Das Schiff hat in der Zwischenzeit gewendet und wir werden jetzt mit allen verfügbaren Crewmitgliedern das Wasser absuchen. Wenn irgendetwas sein sollte, können Sie mich jederzeit über die Rezeption kontaktieren."

„Danke."

„Bitte nehmen Sie Platz", sagt der Sicherheitsoffizier und deutet auf den Stuhl, den er direkt neben seinen gestellt hat. „Um 23.58 Uhr betritt Ihre Schwester Deck 5", erklärt er und spielt das Band ab.

Jamie rückt näher an den Bildschirm heran, um jedes Detail mitzubekommen. Kim geht zunächst an die Reling. Dort verharrt sie einen Augenblick, schaut aufs Meer und wirft einen Blick auf ihr Handy. Sie wirkt glücklich und entspannt. Nicht so, als ob sie vorhätte, sich gleich von Bord zu stürzen. Kurze Zeit später schlendert sie entlang der Rettungsboote. Auf Höhe von Boot Nr. 4 hält sie inne. Dort spricht sie mit einer Person, die fast vollständig von dem Rettungsboot verdeckt ist. Nur die Beine sind zu sehen. Nach einem kurzen Wortwechsel geht Kim zügig weiter und verschwindet aus dem kameraüberwachten Bereich. Die unbekannte Person folgt ihr wenig später. Als sie hinter dem Boot hervortritt, ist ihr Gesicht nicht zu erkennen. Man sieht sie lediglich von der Seite. Zu allem Überfluss trägt sie eine Kappe und der Kragen der Jacke ist hochgestellt. Die Statur lässt jedoch auf einen Mann schließen.

„Haben Sie eine Vermutung, wer die Person ist?", fragt Jamie den Sicherheitsoffizier.

„Nein, leider nicht. Ich habe die Stelle vergrößert und mehrfach angesehen, aber ich kann den Mann nicht erkennen", entgegnet er.

„Wenn wir diese Person finden, könnte sie uns eventuell weiterhelfen. Vielleicht hat sie gesehen, wohin Kim gegangen ist."

„Wir haben ungefähr 2500 Passagiere an Bord und über 1000 Mann Besatzung. Rund die Hälfte davon sind Männer. Wie wollen Sie ihn finden? Eine dunkle Jeans und eine dunkle Jacke hat mit Sicherheit jeder im Gepäck. Wie auch immer. Ihre Schwester erscheint danach auf keiner weiteren Aufzeichnung."

„Sind die Außenbereiche lückenlos überwacht?"

„Nein, einzelne Bereiche werden nicht von einer Kamera erfasst."

„Es wäre also durchaus möglich, dass sie weiterhin auf einem der Außendecks unterwegs gewesen ist?"

„Ja."

„Was mich beschäftigt, ist die Nachricht auf meiner Mailbox. Sie hat mich angerufen, kurz nachdem sie von dem Rettungsboot fortgegangen ist. Finden Sie diesen Anruf im Zusammenhang mit ihrem Verschwinden nicht merkwürdig? Ich habe mir das Hirn zermartert, was sie mir sagen wollte. Hat sie jemanden getroffen oder etwas entdeckt? Ich finde keine Antwort."

Der Sicherheitsoffizier sieht sie nachdenklich an. „Die Nachricht klingt tatsächlich merkwürdig. Sie muss aber nicht unbedingt etwas mit ihrem Verschwinden zu tun haben. Der abrupte Abbruch kann harmlos sein und bedeuten, dass sie keinen Empfang mehr gehabt hat. Das passiert in diesen Gewässern schon mal."

„Es kann aber auch bedeuten, dass sie überfallen wurde. Denken Sie an das Poltern im Hintergrund und dass ihr Anschluss nicht mehr zu erreichen ist. Derjenige, der sie überfallen hat, könnte es ausgestellt haben. Und bei dem Täter könnte es sich um den Mann vom Rettungsboot handeln."

„So lange wir keine genauen Anhaltspunkte haben, ist alles rein spekulativ. Außerdem halte ich es für ausgeschlossen, dass sich ein Verbrecher an Bord befindet. Unsere Crew ist absolut loyal und ich kann mir nicht vorstellen, dass sich unter den Passagieren ein Krimineller befindet. Es sind überwiegend ältere Leute auf dem Schiff. Der Staff-Kapitän wird das weitere Vorgehen mit den Behörden absprechen. Wir werden alles tun, um Ihre Schwester zu finden. Da können Sie sicher sein."

Ernüchtert verlässt Jamie das Büro des Sicherheitsoffiziers. Sie ist sicher, dass ihre Schwester weder freiwillig von Bord gesprungen noch Opfer eines tragischen Unfalls geworden ist. Das spürt sie tief in ihrem Inneren. Vielmehr glaubt sie, dass die unbekannte Person etwas mit ihrem Verschwinden zu tun hat. Dass weder der Staff-Kapitän, noch der Sicherheitsoffizier dieser Spur nachgehen wollen, enttäuscht sie. Deshalb wird sie selbst Nachforschungen anstellen und weiß auch schon, welcher ihrer zahlreichen, wertvollen Kontakte ihr dabei helfen wird.

Kapitel 8

Nach dem Gespräch mit Sicherheitsoffizier Schmid kehrt Jamie in ihre Kabine zurück, um sich eine warme Jacke anzuziehen. Anschließend nimmt sie das Fernglas aus ihrem Rucksack und fährt mit dem Fahrstuhl auf das oberste Deck.

Der Außenbereich des Sportdecks ist überfüllt. Der Kapitän hat vor einiger Zeit über Lautsprecher eine Durchsage gemacht und die Passagiere informiert, dass eine Person vermisst und das Schiff deshalb umkehren wird. Jetzt haben sich auf beiden Seiten des Schiffs Crewmitglieder auf den Außendecks versammelt und suchen systematisch mit Ferngläsern die Wasseroberfläche ab. Es gilt, eine über Bord gegangene Person schnellstmöglich zu finden, denn je länger sie im Meer treibt, desto geringer sind ihre Überlebenschancen. Das Wasser in diesem Gebiet ist kalt und die Kräfte lassen kontinuierlich nach.

Zahlreiche Passagiere haben sich ebenfalls mit ihren Ferngläsern draußen versammelt, um bei der angekündigten Suche zu helfen. Sie wirken betroffen. Kaum jemand redet, niemand lacht. Ihre Blicke sind starr aufs Meer gerichtet.

Jamie ist froh, dass niemand der Passagiere weiß, dass es sich bei der vermissten Person um ihre Schwester handelt. Es wäre unerträglich für sie, wenn ihr ständig jemand bekunden würde, wie leid ihm die Sache täte.

Zwar weigert sie sich nach wie vor zu glauben, dass Kim über Bord gegangen ist, trotzdem beteiligt sie sich an der Suche.

Die Unsicherheit, was wirklich geschehen ist, bleibt, denn es gibt keine Zeugen.

Mit dem Fernglas, das sie mitgenommen hat, um vom Schiff aus Tiere an Land oder vorbeiziehende Wale zu beobachten, sucht sie das Meer ab. Zentimeter um Zentimeter, Meter um Meter lässt sie ihren Blick über das Wasser gleiten, von rechts nach links und von links nach rechts. Sekunde um Sekunde. Minute um Minute. Nichts als Wasser, Wasser und nochmals Wasser. Die Suche ist anstrengend und sie muss sich sehr konzentrieren. Die spiegelglatte Wasseroberfläche verschwimmt bereits nach zehn Minuten vor ihren Augen. Sie ist sich nicht mehr sicher, welche Bereiche sie bereits abgesucht hat und welche nicht. Schließlich lässt sie das Fernglas sinken, um ihren brennenden Augen eine Pause zu gönnen. Sie kreist den Kopf ein paar Mal nach rechts, dann ein paar Mal nach links. Ihr Nacken schmerzt vom starren Blick aufs Wasser.

Doch wie findet man eine Person in dieser unendlichen Weite? Ihr Kopf hat höchstens die Größe eines Stecknadelkopfes, der Rest des Körpers befindet sich unter der Wasseroberfläche! Jamie traut sich kaum darüber nachzudenken, dass solch eine Suche nahezu aussichtslos ist. Obwohl ihr der Staff-Kapitän versichert hat, dass es Fälle gab, wo man Personen, die über Bord gegangen waren, nach vielen Stunden tatsächlich lebend gerettet hat.

In der Ferne erblickt Jamie die Silhouetten der beiden Kreuzfahrtschiffe, die sich an der Suche beteiligen. Eines gehört zur gleichen Reederei wie die Starlight Symphony, das zweite zu einer anderen. Auch zwei Hubschrauber sind in der Zwischenzeit eingetroffen und das Brummen der Rotoren durchbricht die gleichmäßigen Motorengeräusche des Schiffes. Jede einzelne Sekunde hofft Jamie, endlich den erlösenden Ruf zu hören, dass jemand Kim entdeckt hat. Doch nichts dergleichen geschieht. Stunde um Stunde suchen Crew und Passagiere vergeblich.

Fünf Stunden später – die beiden anderen Kreuzfahrtschiffe haben bereits kurz zuvor ihre Fahrt Richtung Ketchikan fortgesetzt – erklärt ihr der Staff-Kapitän, dass er gemeinsam mit dem Kapitän und der Reederei beschlossen habe, die Suche abzubrechen und auf die geplante Route zurückzukehren.

Kapitel 9

Gut gelaunt trifft sich Johnny mit seinem besten Freund Rodney, mit dem er sich eine Kabine auf dem Schiff teilt, in der Crew-Messe zum Abendessen. In dem mit einfachen Holzstühlen und -tischen ausgestatteten schmucklosen Raum, sitzen die beiden etwas abseits von den Kollegen. Für Johnny ist es wichtig, einen Vertrauten an Bord zu haben, wenn man so lange von Heimat und Familie fort ist. Beide wohnen im gleichen Dorf auf den Philippinen, drei Autostunden von Manila entfernt. Sie sind dort aufgewachsen und kennen sich seit frühester Kindheit. Vor einigen Jahren bewarben sie sich gemeinsam bei einer Agentur, die Jobs auf Kreuzfahrtschiffen vermittelt. Diese ist ständig auf der Suche nach Kellnern und Kabinenstewards. Johnny hat jedoch eine Ausbildung zum Schreiner absolviert und sich deshalb um eine Stelle als Schiffshandwerker beworben. Die bekam er auch, während sein Freund als Kellner anheuerte. Nach dem ersten Vertrag folgte der zweite, der dritte, der vierte. Mittlerweile ist es sein siebter.

Bis vor wenigen Tagen wurde Johnny von Heimweh geplagt. Er vermisste seine Frau und seine Kinder. Die Fotos an der Wand neben seinem Bett, die er morgens nach dem Aufwachen und abends vor dem Einschlafen lange anschaut, sind nur ein kleiner Trost. Doch jetzt nähert sich der Tag, an dem er endlich nach Hause fliegen kann. Dann ist er insgesamt acht Monate an Bord gewesen. Acht Monate, in denen es so gut wie keine Privatsphäre gibt und er auf engstem Raum in einer winzigen Kabine mit seinem besten Freund lebt. Acht Monate, in denen er kaum Freizeit hat. Mehr als zehn Stunden arbeitet er pro Tag, an sieben Tagen in der Woche. Das alles für ein kleines Gehalt. Plus Trinkgeld. Doch dieses Geld verhilft ihm und seiner Familie auf den Philippinen zu einem besseren Leben. Würde er dort arbeiten, hätten sie nicht so viel Geld zur Verfügung. Dafür verzichtet Johnny jedoch auf vieles. Er sieht seine Kinder nicht aufwachsen, bekommt nicht mit, wie sie die Welt entdecken und jeden Tag etwas Neues lernen. So oft wie möglich spricht er mit ihnen über Skype. Aber das ist nicht dasselbe, als würde er mit ihnen spielen, sie morgens zur Schule bringen und mit ihnen gemeinsam essen. Außerdem ist es immer schwierig, einen Termin zum Skypen zu finden. Er ist in der ganzen Welt in den verschiedensten Zeitzonen unterwegs, so dass er immer beachten muss, wann er frei hat und wieviel Uhr es dann auf den Philippinen ist.

Doch die Aussicht, zwei Monate mit der Familie zu verbringen, macht ihn glücklich und er läuft seit Tagen mit einem Strahlen auf dem Gesicht herum. In 5 Tagen, 12 Stunden und 10 Minuten ist es soweit. Dann wird er in Seward das Schiff verlassen, zum Flughafen in Anchorage fahren und nach Manila fliegen.

Seit Tagen kann er an nichts anderes mehr denken, was dazu führt, dass er hin und wieder etwas vergisst oder gedanklich abwesend ist.

„Ey. Ich hab dich was gefragt!", sagt Rodney energisch.

Johnny zuckt zusammen. „Tut mir leid. Hab gerade an was anderes gedacht", antwortet er und schiebt einen Löffel Reis mit Gemüse in den Mund.

„An Jackie?", entgegnet sein Freund grinsend.

„Ja. Was hast du gesagt?", fragt Johnny kauend.

„Kannst du Geschenke für Cassandra und die Kinder mitnehmen?", wiederholt Rodney nachsichtig. Natürlich gönnt er seinem besten Freund die Freude auf seinen Heimaturlaub, auch wenn er selbst noch zwei Wochen arbeiten muss.

„Na klar."

„Hast du einen neuen Arbeitsvertrag?"

„Hm?", fragt Johnny abwesend.

„Hast du schon einen neuen Arbeitsvertrag?"

„Nein. Ich weiß nicht, ob ich einen will. Immer so lange weg von Jackie und den Kindern."

„Davon hast du kein Wort gesagt", bemerkt Rodney enttäuscht.

„Ich bin mir nicht sicher. Dann fehlt uns das Geld. Heuerst du nach deinem Urlaub wieder an?"

„Klar. So kann ich wenigstens was sparen. Hier gebe ich wenig aus."

„Dann mach ich mit. Ich brauch noch was, um eine Schreinerei aufzumachen."

Johnny lächelt vor sich hin. Das ist wenigstens ein Ziel, wofür sich die Plackerei auf den Kreuzfahrtschiffen lohnt.

Kapitel 10

Niedergeschlagen kehrt Jamie in ihre Kabine zurück. Jetzt braucht sie erst einmal eine Dusche. Sie zieht sich aus, wirft ihre Kleidung über einen Stuhl und will gerade das Badezimmer betreten, als ihr Blick auf den Boden vor der Badezimmertür fällt. Sie hält inne. Wie gut, dass sie nicht sofort wieder die Kabine verlassen hat. Das wäre unangenehm gewesen, denn ohne ihre Cruise Card, die auf dem Fußboden liegt, hätte sie die Kabine nicht mehr betreten können. Sie hätte sich entweder an die Rezeption oder die Kabinenstewardess wenden müssen, damit sie jemand hereinlässt.

Jamie hebt die Karte auf, um sie in die Tasche ihrer Jeans zu stecken. Dann stutzt sie. Es ist nicht ihre Karte. Sie gehört Kim.

Verständnislos dreht und wendet sie die Cruise Card in ihren Händen. Wie ist sie hierhergekommen? Heute Morgen lag sie noch nicht auf dem Boden! Jamies Hände zittern vor Aufregung, ihre Knie werden weich. Kim ist in der Zwischenzeit in der Kabine gewesen! Was um alles in der Welt ist in ihre Schwester gefahren? Warum ist sie heimlich hier gewesen und dann erneut verschwunden, ohne ihr eine Nachricht zu hinterlassen? Kim muss doch wissen, dass sie sich Sorgen macht! Dafür kann es nur eine Erklärung geben: Kim kann diese Verhaltensweise nicht beeinflussen.

Erneut schlüpft Jamie ohne zu duschen in ihre Kleidung. Sie will sofort den Staff-Kapitän über ihren Fund informieren.

Kurze Zeit später bringt die Rezeptionistin Jamie zum Staff-Kapitän.

„Sie wollen mich sprechen?", fragt Staff-Kapitän Hansen.

„Meine Schwester war während meiner Abwesenheit in unserer Kabine. Ihre Cruise Card lag plötzlich auf dem Fußboden", berichtet Jamie aufgeregt. „Sie müssen das Schiff noch einmal durchsuchen."

Der Staff-Kapitän zieht die Augenbrauen hoch und atmet tief durch. „Frau Miller, ich möchte Ihnen jetzt nicht die Hoffnung rauben. Aber aus meiner Erfahrung heraus kann es dafür eine ganz einfache Erklärung geben. Wurde bei Ihnen in der Zwischenzeit die Kabine gereinigt?"

Jamie stutzt und fragt sich, was das damit zu tun hat. „Ja", entgegnet sie irritiert.

„Dann ist es möglich, dass Ihre Schwester ihre Karte gestern Abend in der Kabine irgendwo hat liegen lassen und die Kabinenstewardess hat sie heute beim Service versehentlich runtergeworfen. Oder können Sie mit Bestimmtheit sagen, dass Ihre Schwester ihre Cruise Card gestern Abend bei sich trug?"

Jamie schüttelt den Kopf. Sie war es gewesen, die die Drinks an der Bar bestellt und ihre Karte gezeigt hat.

„Warten Sie einen Augenblick. Ich frage beim Housekeeping nach." Er greift zum Telefon, ruft die erste Hausdame an, schildert ihr den Vorfall und bittet um kurzfristige Klärung mit der zuständigen Kabinenstewardess.

Jamie wundert sich indes über sich selbst. Normalerweise gibt sie Informationen nicht weiter, ohne sie vorher genau überprüft zu haben. Auf diese Erklärung hätte sie selbst kommen und die Kabinenstewardess fragen können, bevor sie den

Staff-Kapitän belästigt. Wahrscheinlich ist dieses unüberlegte Handeln dem Sachverhalt geschuldet, dass sie selbst betroffen ist.

Nur fünf Minuten später erhält der Staff-Kapitän einen Anruf von der ersten Hausdame.

„Annie, die Kabinenstewardess, hat die Cruise Card beim Reinigen des Schreibtisches versehentlich zu Boden fallen lassen und wieder dorthin gelegt. Sie muss sie beim Verlassen der Kabine unbemerkt wieder runtergeworfen haben. Tut mir leid!", erklärt der Kapitän.

Kapitel 11

Erschrocken starrt Johnny den Mann an, der neben einem Regal im hintersten Bereich des riesigen Lagerraumes kniet und etwas aus einem großen Karton hervorholt. Sein Gegenüber starrt ebenso entsetzt zurück. Warum ist offensichtlich. Johnny hat ihn in einer prekären Situation überrascht.

Dem kleinen, schmächtigen Handwerker, der mit dem Auftrag hergekommen ist, ein Regal zu reparieren, fährt der Schreck durch alle Glieder. Wie erstarrt steht er mit seinem Werkzeugkoffer in der Hand vor dem Mittfünfziger, unfähig sich auch nur einen Millimeter zu bewegen.

„Was willst du um diese Zeit hier?", herrscht der Mann ihn ungehalten an.

„Ich …, ich hab vergessen, ein Regal zu reparieren. Ist …, ist mir eben erst wieder eingefallen. Wenn ich das nicht mache, kriege ich Ärger mit meinem Chef", stottert Johnny verängstigt.

Der Mann erhebt sich und kommt langsam auf den eingeschüchterten Handwerker zu. Dieser tritt unwillkürlich ein paar Schritte zurück.

„Du vergisst jetzt ganz schnell, dass ich hier war und was du gesehen hast", zischt der rund einen Kopf größere Mann und baut sich drohend vor ihm auf.

Johnny nickt hastig mit dem Kopf. „Ich weiß von nichts", beteuert er angsterfüllt und hofft, dass der Mann ihn gehen lässt. Der Ärger für das nicht reparierte Regal wird nichts gegen das sein, was ihn erwarten würde, wenn er über das gerade Gesehene sprechen würde.

„Das kann ich dir auch nur raten. Wenn du ein Sterbenswörtchen gegenüber irgendjemandem verlierst, werde ich das herausfinden. Und dann ...", der Mann tritt einen weiteren Schritt auf ihn zu und blickt ihm direkt in die Augen, „... und dann werde ich dafür sorgen, dass du überhaupt nichts mehr sagen wirst."

„Nein, bitte nicht. Ich hab Familie. Die brauchen mich", fleht Johnny. Wovon sollten seine Frau und die Kinder auf den Philippinen leben, wenn er nicht für sie sorgen und ihnen jeden Monat Geld schicken würde?

Der Mann sieht den am ganzen Körper zitternden Handwerker von oben herab an. Was für ein Schwächling, denkt er verächtlich. Der hat so viel Schiss, dass er die Hosen voll hat.

„Familie ist ein gutes Stichwort. Vielleicht hilft es dir beim Schweigen, wenn ich dir verspreche, dass auch deine Familie dafür büßen wird, falls irgendetwas nach außen dringt." Zur Bekräftigung seiner Drohung zieht er ein Klappmesser aus der Jackentasche und hält es ihm an die Kehle. „Du verstehst was ich meine?"

Aus Johnnys Augen spricht die pure Angst. Seine Knie zittern. Seine Frau und die beiden Kinder sind sein ein und alles. Für sie schuftet er von morgens bis abends, Tag für Tag, Woche für Woche, monatelang am Stück, weit weg von Zuhause, um ihnen ein halbwegs gutes Leben zu ermöglichen. „Ich sag nichts", verspricht er mit brüchiger Stimme.

„Dann haben wir uns verstanden. Und jetzt verschwinde!", brüllt der Mann.

Johnny dreht sich auf dem Absatz um und stürzt aus dem

Lagerraum. Er will weg, weit weg von diesem widerlichen Menschen.

„Verdammter Mist." Wütend schlägt der Mittfünfziger mit der Faust auf ein Regal ein. Das hätte nicht passieren dürfen. Er hat extra bis nach Mitternacht gewartet, um sicherzugehen, dass niemand mehr etwas aus dem Lagerraum benötigen würde. Bisher hat das immer funktioniert. Wie konnte er auch ahnen, dass diesem Depp ausgerechnet um diese Uhrzeit einfiel, dass er noch ein Regal reparieren muss? Hoffentlich wird er dieses Aufeinandertreffen nicht irgendwann bereuen. Er nimmt sein Handy aus der Hosentasche und wählt die Nummer eines Kollegen. Es dauert eine Weile, bis dieser sich meldet.

„Was willst du mitten in der Nacht von mir?", murmelt eine mürrische, verschlafene Stimme am anderen Ende der Leitung.

„Wir haben ein Problem! Ein riesiges Problem", sagt der Mann tonlos.

„Warum? Was ist passiert?" Sein jüngerer Gesprächspartner ist plötzlich hellwach.

„Jemand hat mich mit dem Karton in unserem Versteck gesehen!"

„Bist du wahnsinnig? Wieso hast du nicht besser aufgepasst? Weißt du, was das bedeutet? Ich habe keine Lust, ins Gefängnis zu wandern!"

„Kann ich ahnen, dass so ein dämlicher Handwerker um 1.00 Uhr morgens ein Regal reparieren will?", rechtfertigt sich der Ältere unwirsch.

„Verflucht. Was hast du mit ihm gemacht? Hast du ihn zum

Schweigen gebracht?"

„Ich habe ihm deutlich zu verstehen gegeben, was passiert, wenn er redet. Ich sage dir, der hat so große Angst, der wird nichts ausplaudern."

„Woher willst du das wissen? Was ist, wenn er einem seiner Freunde von der Besatzung davon erzählt. Es ist besser, wir beseitigen das Problem auf wirkungsvolle Weise."

„Nein, auf keinen Fall. Wir können uns keine weitere vermisste Person auf dem Schiff leisten. Was meinst du, was dann hier los ist. Dann wird das ganze Schiff auseinander genommen und man findet unser Versteck."

„Wer hat dich gesehen?", fragt der Jüngere und denkt daran, dass er Kims Cruise Card in ihrer Kabine vergessen hat und sie sich noch wiederholen muss, damit er sie in Juneau auschecken kann. Sonst muss er sich etwas anderes einfallen lassen, um die Journalistin von Bord zu locken.

„Johnny. Du musst auf ihn aufpassen."

„Es war Johnny? Den werde ich im Auge behalten, darauf kannst du dich verlassen. Und gegebenenfalls nochmal daran erinnern, dass er den Mund zu halten hat. Was machst du mit dem Karton?"

„Ich suche ein anderes Versteck."

Völlig verstört läuft Johnny durch die endlos langen Gänge im Bauch des Schiffes. Es macht ihm große Angst, einen Verbrecher an Bord zu wissen. Ein Kreuzfahrtschiff ist wie eine kleine Stadt, nur, dass sie völlig abgeschottet ist und es keine Polizei gibt. Man hat keine Möglichkeit, einem Verbrecher zu entkommen.

Am besten verhält er sich so unauffällig wie möglich und

macht sich in den nächsten Tagen quasi unsichtbar.

Mit zitternden Händen öffnet er die Tür seiner Kabine, stürzt hinein und verschließt sie hinter sich. Erschöpft lässt er sich auf sein Bett fallen. Während er dort mit geschlossenen Augen liegt und versucht sich zu beruhigen, kommt ihm ein schrecklicher Verdacht, der ihn erschaudern lässt. Er hat in dem Karton noch etwas anderes gesehen. Um herauszufinden, ob er mit seiner Vermutung richtig liegt, muss er morgen etwas überprüfen.

Kapitel 12

12. Mai 2018, Ketchikan

Nach einer unruhigen Nacht, in der Jamie stundenlang wach gelegen und gegrübelt hat, wacht sie früh am nächsten Morgen auf. Jegliche Energie ist aus ihrem Körper gewichen. Sie fühlt sich kraftlos und ermattet. Obwohl sie völlig übermüdet ist, kann sie nicht mehr einschlafen.

Unweigerlich kommen Erinnerungen hoch, die sie seit vielen Jahren verdrängt. Erinnerungen an eine Zeit, unter der die ganze Familie gelitten hat. Die Zeit, in der Kim Alkoholikerin gewesen war. Von falschen Freunden wurde ihre Schwester animiert, hochprozentigen Alkohol zu trinken. Es begann damit, dass Kim an den Abenden, an denen sie sich mit den sogenannten Freunden traf, sturzbetrunken nach Hause kam. Sie verabredeten sich in der Stadt, gingen von einem Geschäft zum anderen und kauften literweise Alkohol. Danach fuhren sie zu einem der Freunde nach Hause, schauten Actionfilme und tranken. Nachdem Jamie dies eine Weile beobachtet hatte, versuchte sie immer wieder, ihrer kleinen Schwester klar zu machen, dass sie sich schnellstmöglich von ihrem Freundeskreis lösen müsse. Doch das wollte Kim weder von ihr noch von ihren Eltern, die sich ebenfalls große Sorgen machten, hören. Mit vierundzwanzig war sie längst volljährig und niemand hatte ihr mehr etwas zu sagen. Gutes Zureden war vergebens und je mehr jemand versuchte, Kim davon zu überzeugen, dass ihre Freunde ihr nicht gut taten, desto mehr hielt sie zu ihnen.

Nach einiger Zeit war die Sucht so schlimm, dass sie bereits zum Frühstück Alkohol trank. Jamie bekam es hautnah mit, weil sie sich, um Geld zu sparen, eine Wohnung in Vancouver teilten. Kims Alkoholkonsum führte schließlich dazu, dass sie mit fünfundzwanzig ihre Arbeitsstelle als Assistentin in einer großen Anwaltskanzlei verlor. Danach ging es weiter bergab. Sie geriet immer tiefer in einen Sumpf, aus dem sie selbst nicht mehr herauskam. Morgens früh war sie noch halbwegs ansprechbar. Doch abends, wenn Jamie von der Arbeit nach Hause kam, lag Kim regelmäßig betrunken auf der Couch. Das Fernsehen lief und mehrere leere Flaschen standen auf dem Tisch. Eine vernünftige Unterhaltung war nicht möglich. Nach zwei Wochen platzte Jamie der Kragen. Zuerst verbannte sie jeglichen Alkohol aus der Wohnung. Sie durchsuchte sämtliche Schränke und Schubladen nach Hochprozentigem und entleerte die Flaschen vor Kims Augen in den Abfluss. Anschließend nahm Jamie ihr den Autoschlüssel ab. Ihre Schwester tobte vor Wut, doch Jamie kannte keine Gnade. Sie blieb hart. Dann setzten die Entzugserscheinungen ein. Erst moderater, dann heftiger. Kim war unruhig und gereizt, bekam Magen- und Kopfschmerzen und Krampfanfälle. Jamie erkannte schnell, dass dies nicht der richtige Weg war, um ihre Schwester vom Alkohol wegzubringen. Mit Engelszungen redete sie auf Kim ein, um ihr klarzumachen, dass es für sie besser wäre, in eine Entzugsklinik zu gehen. Natürlich wehrte Kim unter heftigem Protest ab. Doch Jamie ließ nicht locker, führte ihr stundenlang die Konsequenzen ihrer Alkoholsucht vor Augen. Dabei warf sie ihrer Schwester schonungslos die Wahrheit an den Kopf, nahm keine Rücksicht auf Befindlichkeiten. Schließlich wusste sie, dass sie Kim nicht überreden durfte, sondern überzeugen musste. Kim musste es selber wollen. Der Wille zum Entzug musste tief in ihrem Inneren entstehen. Würde man sie gegen ihren Willen in eine Klinik bringen, würde der Entzug kaum Erfolg haben.

Kims Freund Brad, mit dem sie mehr als drei Jahre zusammen gewesen war, hatte sich aufgrund ihrer Alkoholsucht von ihr getrennt. Er hielt es mit ihr nicht mehr aus. Er wollte nicht mit einer Frau zusammen sein, die morgens schon Alkohol zu sich nahm und regelmäßig betrunken war. Unzählige Male appellierte er an ihre Vernunft, sie solle aufhören. Vergeblich. Eindrucksvoll malte Jamie aus, dass Kim seit einiger Zeit kein Einkommen mehr hatte und ihr Erspartes in einigen Monaten aufgebraucht sein würde. Dann würde sie zum Sozialfall werden. Sie könnte ihren Anteil zur Miete nicht mehr zahlen, nicht mehr einkaufen gehen, geschweige denn Alkohol besorgen. Zum Schluss konfrontierte sie Kim mit der Tatsache, dass ihre Leber es nicht mehr lange mitmachen würde und sie sich in absehbarer Zeit zu Tode getrunken hätte. Ob das ihr Ziel sei, mit Mitte zwanzig zu sterben, fragte Jamie sie geradeheraus. Das war der Moment, in dem Kim zum ersten Mal nachdachte. Sie stellte fest, dass sie noch nicht sterben wollte. Am nächsten Tag ließ sie sich von Jamie in eine Klinik bringen. Dort blieb Kim mehrere Wochen. In dieser Zeit war Jamie immer für sie da. Sie schrieb ihrer Schwester Briefe, schilderte darin, was zu Hause passierte, und versorgte sie mit spannenden Büchern. So konnte Kim sich zwischen den Therapien und abends mit Lesen ablenken. Nach drei Wochen besuchte

Jamie ihre Schwester in der Klinik und ging mit ihr im Park spazieren. Eine Woche später wurde Kim entlassen.

Von da an achtete Jamie streng darauf, was Kim tat und mit wem sie sich traf. Sie wusste wie groß die Gefahr ist, wieder rückfällig zu werden. Nur ein kleiner Moment der Schwäche, in dem man sich sagte, ein kleines Likörchen sei nicht schlimm, könnte Kim wieder in die Abhängigkeit bringen. Dann ginge der Teufelskreis von vorne los. Das wollte Jamie auf jeden Fall verhindern. Sie verbrachte viel Zeit mit Kim und motivierte sie, mit ihr im Stanley Park laufen zu gehen oder am Wochenende zum Wandern in die Berge zu fahren. Kim gab sich wirklich Mühe. Sie zeigte ihren eisernen Willen, keinen Rückfall zu erleiden. Einmal sagte sie zu Jamie, wie peinlich ihr das Ganze sei. Sie könne sich nicht erklären, was damals in sie gefahren sei. Es sei wohl der Gruppenzwang gewesen.

Jamie war es auch, die dafür sorgte, dass ihre Schwester wieder eine Anstellung fand. In Kims Lebenslauf machte die Lücke, die nach dem Rauswurf aus ihrer alten Firma und dem Klinikaufenthalt entstanden war, keinen guten Eindruck. Doch Jamie hat durch ihre berufliche Tätigkeit jede Menge wertvolle Kontakte geknüpft, die sie auf verschiedenen Events pflegte. Dadurch kannte sie einen Anwalt, der Partner in einer großen Kanzlei ist. Da dieser ihr noch einen Gefallen schuldete, sprach sie ihn ganz offen darauf an, dass ihre Schwester nach einer schwierigen Lebensphase einen neuen Job suchte. Er hörte sich die Geschichte an und lud Kim zu einem Vorstellungsgespräch ein. Und tatsächlich erklärte er sich bereit, ihr eine Chance zu geben.

Schließlich nahm Jamie ihre Schwester auch zu Partys mit. Sie hoffte, dass Kim so ihre alten, sogenannten Freunde hinter sich lassen und neue Bekanntschaften knüpfen würde. Auch das funktionierte und Kim traf sich regelmäßig mit dem neuen Freundeskreis. Von da an ging es für sie wieder bergauf und die Gefahr eines Rückfalls wurde immer geringer.

Jamie starrt nachdenklich zur Decke. Das Ganze ist jetzt drei Jahre her. Sollte Kim wirklich die Gelegenheit genutzt haben, als sie zu Bett gehen wollte, und war an die Bar gegangen? Hat Kim der enormen Auswahl an Spirituosen nicht widerstehen können? Das Getränkepaket, das in ihrem Reisepreis enthalten ist, war verlockend. Doch hätte sie wirklich ihren Job, den sie so sehr liebte, und die vielen Freundschaften aufs Spiel gesetzt? Nein! Jamie ist sicher, dass Kim gefestigt genug gewesen war, um nicht rückfällig zu werden. Sie hat auf keinen Fall am Abend ihres Verschwindens getrunken! Hat nicht die Orientierung verloren und war nicht über Bord gegangen!
Mühsam steigt Jamie aus dem Bett und geht ins Badezimmer. Eine kalte Dusche soll ihren Kreislauf in Schwung bringen. Ein paar Minuten unter kaltem Wasser ist ihr Allheilmittel, um schnell fit zu werden. Doch dieses Mal wirkt es nicht. Als sie nach einer Viertelstunde aus der Dusche steigt, fühlt sie sich nach wie vor schlapp und ausgezehrt. Dafür friert sie jetzt erbärmlich.
Während sie sich abtrocknet, klingelt das Telefon. Der Staff-Kapitän informiert sie, dass die Küstenwache bei ihrer Suche bisher nichts entdeckt hat. Die gestrige Suche war bei Einbruch der Dunkelheit unterbrochen und heute Morgen wieder aufgenommen worden.

Nachdem Jamie sich warm angezogen hat, geht sie hinaus aufs oberste Deck. Von dort aus will sie das Einlaufen der Starlight Symphony in Ketchikan verfolgen. Viele der rund 2500 Passagiere stehen bereits an der Reling und schauen erwartungsvoll auf den Hafen in Alaska, den die meisten Kreuzfahrtschiffe auf ihrer Reise zuerst ansteuern. Daher trägt Ketchikan den Beinamen „First City". Das hat Jamie in ihrem Reiseführer gelesen. Sie seufzt. Eigentlich wollte sie hier mit Kim einen Ausflug in den Regenwald unternehmen und anschließend durch die Creek Street schlendern. Die Straße, in der früher zahlreiche Bordelle ihren Standort gehabt haben und heute Frauen in historischen Kostümen die Touristen herumführen, ist eine der berühmtesten Sehenswürdigkeiten in Ketchikan.

Das Wetter ist auch an diesem Tag phantastisch, der Himmel strahlend blau. Da die Sonne noch nicht hinter den Bergen hervorgekommen ist, liegt der Ort im Schatten. Bunte Holzhäuser ziehen sich wie ein schmales, langes Band entlang des Ufers. Um sie herum ein ständiges Brummen von startenden und landenden Wasserflugzeugen. Das ist Alaska. Der Bundesstaat der USA, der auf sie den größten Zauber ausübt, denn er steht für Abenteuer in grandioser Natur.

An der Pier warten bereits mehrere Polizeifahrzeuge. Als Kim nach der großangelegten Suchaktion an Bord nicht gefunden wurde, stand für Kapitän Andresen fest, dass ihre Schwester in der ersten Nacht oder am frühen Morgen – aus welchem Grund auch immer – über Bord gegangen war. Deshalb sollte die Polizei im ersten Hafen die Starlight Symphony auf Spuren untersuchen.

Interessiert betrachtet Jamie, wie mehrere Polizisten und ihre Kollegen der Spurensicherung mit großen Metallkoffern das

Schiff betreten. Die Passagiere, die neben Jamie an der Reling stehen und das Anlegemanöver verfolgt haben, beobachten neugierig, wie sich Polizisten auf dem oberen Deck verteilen und mit ihrer Arbeit beginnen.

Kurz darauf wird Jamie ausgerufen und gebeten, sich an der Rezeption zu melden. Dort wartet bereits der Staff-Kapitän zusammen mit dem Chefermittler der Polizei. Dieser möchte mit ihr sprechen. In einem Nebenraum schildert sie ihm ausführlich, wo sie ihre Schwester zuletzt gesehen hat, wann ihr Verschwinden aufgefallen ist und beantwortet dieselben Fragen zu Kims Alkoholkonsum und Gemütszustand, die ihr der Staff-Kapitän auch gestellt hat. Sie hasst diese Fragen und ebenfalls, dass man versuchen will, Kim als depressiv oder an besagtem Abend als betrunken darzustellen.

Stundenlang durchsucht die Polizei das Schiff. Auch die Kabine der Schwestern. Besondere Aufmerksamkeit wird jedoch den Außendecks geschenkt. Überall suchen sie nach irgendwelchen Hinweisen, wo Kim über Bord gegangen sein könnte. Jamie schlendert über die einzelnen Decks und beobachtet die Männer und Frauen bei ihrer Arbeit. Auch wenn sie sich fragt, was sie finden wollen. Wenn eine Person über die Reling fällt oder klettert, hinterlässt sie im Regelfall keine Spuren.

Am Nachmittag wird Jamie erneut ausgerufen. Ihr Herz schlägt schneller. Gibt es Neuigkeiten von Kim? Etwa einen Hinweis, dass sie über Bord gegangen ist? Oder haben sie sie vielleicht sogar gefunden?

Nervös macht sich Jamie auf den Weg zur Rezeption. Dort warten erneut Staff-Kapitän und Chefermittler auf sie. Wieder setzen sie sich in den Nebenraum, um ungestört reden zu können.

Erwartungsvoll schaut sie von einem zum anderen.

„Wir haben etwas gefunden", berichtet der Chefermittler. Jamie versucht aus seinem Tonfall herauszuhören, ob es etwas Gutes oder Schlechtes zu bedeuten hat. Doch es ist ihr nicht möglich.

Er legt eine Plastiktüte mit einem Gegenstand auf den Tisch.

„Gehört das Ihrer Schwester?"

Die Männer sehen Jamie aufmerksam an, als sie die Tüte in die Hand nimmt und den Gegenstand eingehend betrachtet.

„Ja", sagt sie und dreht die Plastiktüte in ihrer Hand hin und her, um ganz sicher zu sein. „Ja. Die Kette gehört meiner Schwester! Hundertprozentig. Wo haben Sie sie gefunden?"

„Wir haben sie auf Deck 5 in einer Rille unter der Reling gefunden", erklärt der Chefermittler. „Diese Stelle auf der Steuerbordseite wird nicht per Kamera überwacht. Dazu einen kleinen, schwarzen Stofffetzen, der zu dem Poncho passen könnte, den ihre Schwester am Abend ihres Verschwindens getragen hat. Alles deutet daraufhin, dass sie dort hinüber geklettert, mit ihrem Poncho hängen geblieben und von Bord gefallen oder gesprungen ist."

Kapitel 13

„Matt, ich brauche deine Hilfe!", bittet Jamie eindringlich, als sich ihr bester Freund an seinem Handy meldet.

„Jamie! Welche Überraschung. Ich denke, du hast Urlaub und bist auf einer Kreuzfahrt in Alaska", entgegnet Matt erstaunt.

„Das bin ich auch, aber ..."

„Lass mich raten", unterbricht sie Matt lachend. „Du bist an Bord einem Skandal auf die Spur gekommen und ich soll mich mal wieder unerlaubterweise in ein System hacken und dir Informationen beschaffen." So kennt er seine Jamie. Immer im Dienst und immer auf der Suche nach Möglichkeiten, die Welt zu verbessern. Dieses Engagement liebt er an ihr.

„Kim ist spurlos verschwunden", sagt Jamie tonlos.

Stille.

„Moment mal. Heute ist euer dritter Urlaubstag. Soweit ich mich erinnere, war der zweite ein Seetag. Sie kann nicht spurlos verschwunden sein, wenn ihr in keinem Hafen angelegt habt!", bemerkt Matt irritiert.

Ausführlich schildert Jamie ihm die Geschehnisse der vergangenen Tage.

Stille.

„Das klingt merkwürdig. Sie ..., sie wird doch nicht tatsächlich über Bord ...", stammelt Matt erschrocken und bricht mitten im Satz ab. Den unfassbaren Gedanken möchte er nicht aussprechen.

„Auch wenn der Staff-Kapitän und die Polizei versucht haben, mir zu erklären, dass Kim wahrscheinlich in Selbstmordabsicht über Bord gesprungen oder angetrunken über die Reling gefallen ist, du weißt, dass ich grundsätzlich erst etwas glaube, wenn ich einen Beweis dafür habe. Ein Stück Stoff und die gefundene Kette sind für mich keine eindeutigen Beweise. Vielleicht wird sie ja von jemandem auf dem Schiff festgehalten und versteckt. Ich habe Angst, dass man die Schuld bei Kim sucht, nur um dem Ansehen der Reederei nicht zu schaden. Ich will herausfinden, was wirklich passiert ist."

„Das verstehe ich. Wenn niemand gesehen hat, dass sie tatsächlich ins Meer gestürzt ist, ist vieles denkbar. Sag mir, wie ich dir dabei helfen kann", ermutigt sie Matt.

„Auf dem Band einer Überwachungskamera ist zu sehen, dass Kim gegen Mitternacht auf dem Außendeck einen Mann trifft und ein paar Worte mit ihm wechselt. Die Qualität dieser Aufnahme ist leider nicht sehr gut. Kannst du sie dir besorgen? Vielleicht hast du irgendwelche Möglichkeiten, sie mit einer Software zu bearbeiten."

„Das ist kein Problem für mich, die Aufnahme zu besorgen", entgegnet Matt selbstbewusst. „Da habe ich mich schon in ganz andere Unternehmen gehackt. Hinsichtlich der Qualität muss ich allerdings schauen, was sich machen lässt. Ich melde mich, wenn ich etwas herausgefunden habe."

„Danke, Matt. Du bist ein echter Freund."

Mit einem Lächeln auf den Lippen legt sie das Handy zur Seite. Wie oft hat Matt, der begnadete IT-Spezialist, sie schon bei Recherchen unterstützt. Das Ganze geschieht nicht immer auf legale Weise, doch das ist ihr egal. Auf seinem Gebiet ist er ein wahres Genie und hat es bisher immer geschafft, ihr die benötigten Informationen zu besorgen. Geht nicht, gibt es nicht, ist seine Devise. In all den Jahren hat sie nie verraten, wer ihr „Informant" ist. Auch wenn ihr Chef es gerne wissen möchte und in regelmäßigen Abständen versucht, es ihr zu entlocken. Sie schweigt eisern. Es ist selbstverständlich für sie, dass sie ihren besten Freund nicht in Schwierigkeiten bringt.

Während sich Matt in das Computersystem der Reederei hackt, recherchiert Jamie im Internet über Vermisstenfälle auf Kreuzfahrtschiffen. Bisher hat sie sich für dieses Thema nicht interessiert. Warum auch! Es war weder beruflich von Bedeutung gewesen, noch war sie zuvor mit einem Schiff gereist. Doch jetzt will sie wissen, ob es bereits derartige Vorfälle auf anderen Kreuzfahrtschiffen gegeben hat und wenn ja, was die Gründe dafür gewesen sind.

Sie gibt die entsprechenden Stichworte in eine Suchmaschine ein und Sekunden später spuckt diese zahlreiche Ergebnisse aus. Jamie glaubt ihren Augen nicht zu trauen. Sie hat keine Vorstellung davon gehabt, welche und wie viele Suchergebnisse sie erwarten würden. Aber mit dem, was sie jetzt angezeigt bekommt, hat sie definitiv nicht gerechnet. Jamie ist erschüttert, als sie die ersten Überschriften überfliegt. Das ist nicht das, wofür Kreuzfahrten allgemein bekannt sind. Sie hat stets die verträumte Vorstellung von Kreuzfahrtschiffen gehabt, auf denen man zur Massage und zur Kosmetikerin geht, abends das Theater besucht und schließlich im Abendkleid beim Galadinner dem Kapitän die Hand schüttelt und sich mit ihm fotografieren lässt. Doch diese Vorstellung von der heilen Urlaubswelt entspricht nicht immer der Realität. Jedes Jahr verschwinden rund zwanzig Menschen von

Kreuzfahrtschiffen, ohne je wieder aufzutauchen. Trotz umfangreicher Suchaktionen mit Schiffen und Helikoptern gibt es keine einzige Spur mehr von ihnen. Jamie läuft ein eiskalter Schauer über den Rücken. Das hat sie nicht gewusst. Gespannt liest sie einige Einträge im Internet, saugt sie regelrecht in sich auf. Dabei vergisst sie völlig die Welt um sich herum, so sehr berühren sie die Schicksale der betroffenen Menschen. Es sind Geschichten voller Tragik. Für einige der Vermissten sollte es die Reise ihres Lebens werden, doch sie kehrten nicht davon zurück. Angehörige verzweifelten. Sie erfuhren nie, was mit ihren Müttern, Vätern, Geschwistern und Kindern geschehen war.

In den verschiedenen Artikeln bekommen Angehörige und Opfer eine Identität. Eine ältere Frau geht früh morgens an Deck, um ein paar Runden im Pool zu schwimmen und taucht nie wieder auf. Ein junger Mann spielt am Abend im Casino und verschwindet danach spurlos. Auch von einem Besatzungsmitglied fehlt von einem Moment auf den anderen jede Spur. Die Liste der Fälle ist lang.

Jamie ist entsetzt. Was war diesen Menschen zugestoßen? Starben sie durch tragische Unfälle? Waren sie nach reichlichem Alkoholgenuss auf die Reling geklettert und ins Meer gefallen? Oder handelte es sich um Selbstmorde? Der Sturz von einem Kreuzfahrtschiff kann den sicheren Tod bedeuten, wenn ihn niemand bemerkt. Würde ihn jemand auf hoher See von einem Schiff mit der Höhe eines Hochhauses überleben, wird er höchstwahrscheinlich später in den Fluten sterben, sei es durch Ertrinken, Unterkühlung oder das Nachlassen der Kräfte.

Jamie erschrickt. Oder ging es sogar in dem ein oder anderen

Fall um Mord? Wollte jemand seinen Ehepartner loswerden oder den oder die Geliebte? Hatte ein Besatzungsmitglied Streit mit einem anderen und entledigte sich des Problems, indem es den Kontrahenten einfach über Bord warf? Gründe könnte es tausende geben. Wenn jemand es geschickt anstellt, ist ein Kreuzfahrtschiff der perfekte Ort, um einen Mord zu begehen. Man findet keine Spuren, keine Zeugen und keine Leiche. Dann liest sie weiter.

Viele der Vermisstenfälle blieben ungeklärt, die Menschen spurlos verschwunden. Manchmal gab es Hinweise auf einen Selbstmord. In seltenen Fällen wurde eine Person nach Stunden der Suche im Meer treibend gefunden.

Jamie will nicht glauben, dass Kim eines dieser Szenarien widerfahren sein könnte. Energisch schüttelt sie den Kopf. Selbstmord begangen hat Kim auf keinen Fall. Alkoholisiert und über die Reling gestürzt war sie auch nicht. Und Mord? Wer auf dem Schiff sollte einen Grund gehabt haben, sie zu töten?

Nein. Kim lebt und befindet sich noch irgendwo auf dem Schiff. Dass sie sich nicht meldet, kann nur bedeuten, dass jemand sie daran hindert.

Was Jamie noch interessiert ist die Vergangenheit der Starlight Symphony. Sie möchte wissen, ob sie schon einmal aufgrund eines ähnlichen Vorfalls in die Schlagzeilen geraten ist. Bei den ersten Suchergebnissen zu den Vermisstenfällen war ihr nichts aufgefallen. Das hat bei der Vielzahl der Ergebnisse allerdings nichts zu bedeuten.

Als sie den Schiffsnamen zusammen mit dem Begriff „vermisster Passagier" in eine Internetsuchmaschine eingibt, stößt sie auf mehrere zwei Jahre alte Artikel. Sie stutzt. Damals hat es schon einmal eine Vermisste auf der Starlight Symphony gegeben. Ungeduldig ruft sie den Text auf und beginnt zu lesen.

<Auf der Starlight Symphony kam es in der vergangenen Nacht zu einem tragischen Zwischenfall. Nachdem am Morgen die 30-jährige Victoria L. aus München von ihrem Ehemann als vermisst gemeldet worden war, durchsuchten Besatzungsmitglieder erfolglos das gesamte Schiff. Die Aufnahmen einer Überwachungskamera zeigten schließlich, dass die junge Frau um 3.15 Uhr im Außenbereich des Restaurants auf Deck 12 über die Reling geklettert und von Bord gesprungen ist. Zu diesem Zeitpunkt befand sich das Kreuzfahrtschiff vor der Küste Chiles. Die sofort informierte Küstenwache suchte mit mehreren Schiffen und Hubschraubern das Gebiet ab. Alle Bemühungen, die Vermisste zu finden, blieben bislang erfolglos.>

Jamies rechte Hand zittert, als sie auf der Menüleiste nach unten scrollt um zu erfahren, ob man die Frau lebend gefunden hat. Das war leider nicht der Fall.

<Suche nach vermisster Kreuzfahrtpassagierin erfolglos eingestellt> lautet die Überschrift des letzten Artikels auf der Seite.

Dieser Fall berührt Jamie sehr. Er ist einer der wenigen, wo bekannt ist, was mit der Person geschehen ist. Was mag die Frau dazu bewogen haben, sich aus schwindelerregender Höhe in die eisigen Fluten zu stürzen? Nicht wissend, ob sie beim Aufprall stirbt, elendig erfriert oder ertrinkt.

Bei ihren weiteren Recherchen stößt Jamie auf den Hinweis, wonach amerikanische Kreuzfahrtgesellschaften seit einigen Jahren Vorfälle an Bord ihrer Schiffe, wie zum Beispiel sexuelle Übergriffe, Diebstähle, Körperverletzung, vermisste Personen und Todesfälle, offenlegen müssen. Dass will sie sich ebenfalls genauer ansehen und taucht noch tiefer in die Materie ein.

Aus den Statistiken geht hervor, dass es seit Jahren nahezu in jedem Quartal auf Schiffen der Reederei, zu der die Starlight Symphony gehört, Zwischenfälle gab: Diebstähle, sexuelle Übergriffe, einen Vermissten oder einen Toten. Vergleicht man die Häufigkeit der Vorfälle mit denen anderer Kreuzfahrtgesellschaften, liegt die Reederei jedoch im Durchschnitt. Leider ist den Statistiken nicht zu entnehmen, welche Vorfälle welchem der Schiffe zuzuordnen sind, denn die Angaben erfolgen lediglich pro Kreuzfahrtgesellschaft.

Zwei Stunden später klingelt ihr Handy. Jamie ist derart in die Statistiken vertieft, dass sie erschrocken zusammenfährt.

Das Foto auf dem Display zeigt ihr an, dass es Matt ist.

„Hallo Matt", begrüßt sie ihren besten Freund.

„Ich habe dir gerade per E-Mail ein Foto des Mannes vom Rettungsboot zugeschickt. Ich habe mein Bestes gegeben, aber man kann das Gesicht der Person kaum erkennen", entschuldigt sich Matt.

Jamie öffnet die E-Mail. „Du hast recht. Die Qualität ist immer noch miserabel. Mit diesem Bild von seinem Profil als Vorlage werde ich die Person auf dem Schiff nicht identifizieren können. So ein Mist."

„Da sich die Person an einem Rettungsboot zu schaffen macht, würde ich erst einmal davon ausgehen, dass es sich um jemanden von der Besatzung handelt", vermutet Matt.

„Hm", entgegnet Jamie nachdenklich. „Es wird sich kaum um

ein asiatisches Crewmitglied handeln. Dafür ist die Person zu groß. Damit kommt der größte Teil der Besatzung nicht in Frage. Aber es kann genauso gut ein Passagier gewesen sein, der sich mal ein Rettungsboot aus der Nähe ansehen wollte."

„Wie gehen wir weiter vor?"

Es freut Jamie, dass er „wir" gesagt hat. Das bedeutet, dass er bei ihrer Suche nach der Wahrheit voll hinter ihr steht. „Ich weiß es nicht. Ich muss darüber nachdenken. In der Zwischenzeit möchte ich dich um einen weiteren Gefallen bitten. Ich habe in den letzten Stunden über die Starlight Symphony und weitere Vorfälle an Bord recherchiert. Vor zwei Jahren ist von diesem Schiff vor der Küste Chiles mitten in der Nacht eine junge Frau von Bord gesprungen. Sie wurde nie gefunden. Das Ganze wurde von einer Überwachungskamera gefilmt. Kannst du dir bitte das Video besorgen und es dir genau anschauen?"

„Wenn es noch existiert, kein Problem. Aber warum soll ich das tun, wenn es sich um einen Selbstmord handelt?"

„Ich weiß es nicht. Es ist nur so ein Gefühl, dass an der Sache irgendetwas nicht stimmt. Ich finde es ziemlich auffällig, dass es auf diesem Kreuzfahrtschiff innerhalb von nur zwei Jahren einen Selbstmord und einen Vermisstenfall gibt. Außerdem frage ich mich die ganze Zeit, wie diese Victoria nachts in den Außenbereich des Restaurants gekommen ist. Man gelangt nur dorthin, wenn man durch das Restaurant geht, und das hat um diese Zeit nicht geöffnet."

„Verstehe. Ich kümmere mich sofort darum", verspricht Matt. „Ich habe übrigens in der Zwischenzeit überprüft, wann Kims Handy ausgeschaltet wurde. Es war in der Nacht ihres Verschwindens um 0.15 Uhr."

„Das war ein paar Minuten nachdem die Nachricht auf meiner

Mailbox abrupt geendet ist. Matt, was ist in der Zwischenzeit passiert? Warum hat sie nicht noch einmal versucht mich anzurufen?"

„Vermutlich war es nicht Kim, die das Handy ausgeschaltet hat", bemerkt Matt vorsichtig.

Jamie schließt die Augen. Matt spricht das aus, worüber sie auch bereits nachgedacht hat.

„Ich muss den Mann vom Rettungsboot finden und zwar schnell", sagt Jamie. „Ich bin sicher, er hat etwas mit ihrem Verschwinden zu tun."

„Verrenn dich nicht in irgendetwas. Er kann etwas damit zu tun haben, muss es aber nicht. Vielleicht war die Begegnung harmlos und er kann dir etwas dazu sagen, wohin sie gegangen ist. Im Grunde genommen können rund 3500 Leute für ihr Verschwinden verantwortlich sein. Du weißt nicht, wem sie noch begegnet ist. Da ist übrigens noch etwas."

„Ja?", fragt Jamie neugierig.

„Kims Handy wurde gestern Abend um 19.00 Uhr noch einmal für fünf Minuten eingeschaltet. Und zwar in dem Bereich, wo sich euer Schiff befunden hat."

„Wie bitte? Welchen Grund hätte jemand, der ihr etwas angetan hat, ihr Handy noch einmal anzuschalten?"

„Derjenige könnte eingehende Nachrichten beantwortet haben, so dass eure Familie und eure Freunde erst einmal keinen Verdacht schöpfen."

Kapitel 14

Matt holt ein Bier aus dem Kühlschrank und setzt sich wieder an seinen Schreibtisch. Während er einen kräftigen Schluck aus der Flasche nimmt, starrt er nachdenklich auf den Bildschirm seines Notebooks. Jamie hat recht. Den Selbstmord einer Passagierin und Kims Verschwinden innerhalb von zwei Jahren auf einem Schiff der Luxusklasse empfindet er ebenfalls als klärungsbedürftig.

Während er die Flasche Schluck für Schluck leert, grübelt er. Bei dem Verschwinden von Passagieren sind – neben Selbstmorden und Unfällen – zahlreiche Szenarien denkbar. Locken Reisen bei Reedereien im Luxussegment gezielt Kriminelle an, um wohlhabende Passagiere auszurauben? Würden sie dafür sogar einen Mord begehen?

Oder schenkt ein Ehepartner dem anderen eine Kreuzfahrt, um diesen dann auf sichere Art und Weise ohne Zeugen für immer verschwinden zu lassen? Eine schreckliche Vorstellung.

Als Täter wären aber auch Besatzungsmitglieder denkbar, die ihr mickriges Gehalt aufbessern wollen.

Wie viele Diebstähle sich auf der Starlight Symphony ereignet haben, ist der Statistik nicht zu entnehmen. Vielleicht ist ja nur auf diesem Ozeanriesen die Kriminalitätsrate hoch und Kim hat etwas gesehen, was sie nicht hätte sehen sollen. Dann würde ihr Verschwinden nichts Gutes erahnen lassen. Auch, wenn Jamie es nicht wahrhaben will.

Matt braucht nicht lange, bis er die Videoaufzeichnung des Selbstmordes der jungen Frau gefunden hat. Sie wurde länger als gewöhnlich gespeichert. Er kopiert sie auf seinen Rechner, während er den letzten Schluck Bier trinkt.

Dann sieht er sich gespannt die Aufnahme an. Im Gegensatz zur Aufzeichnung des Mannes am Rettungsboot, ist sie von guter Qualität. Die junge Frau, die ein rotes Sommerkleid und eine Brille trägt, geht quer durch den Außenbereich des Restaurants. Ihre Schritte wirken ferngesteuert. In der Mitte des Außendecks bleibt sie plötzlich stehen und blickt sich um. Sekundenlang. Sie wirkt geistesabwesend, als stünde sie unter dem Einfluss starker Medikamente. Nach kurzem Zögern zuckt sie zusammen und setzt ihren Weg in Richtung Reling fort. Dort angekommen klettert sie hinüber und bleibt einen Augenblick auf dem schmalen Vorsprung der anderen Seite stehen. Der Wind weht durch ihre Haare, zerrt an ihrem Kleid. Eine Zeitlang blickt sie regungslos hinab in die Tiefe. Dann lässt sie los und springt.

Matt schluckt. Es ist furchtbar, mitanzusehen wie jemand seinem Leben ein Ende setzt. Ein junger Mensch, der sein ganzes Leben noch vor sich hat. Laut ihrem Ehemann wollte Victoria vor dem Zubettgehen noch einmal frische Luft schnappen. Sie war weder depressiv, noch hat es zuvor einen Streit gegeben. Für sie war mit dieser Kreuzfahrt ein lang ersehnter Wunsch in Erfüllung gegangen, für den sie zwei Jahre gespart haben. Warum löscht sie auf dieser Traumreise ihr Leben aus?

Doch für Matt gibt es keinen Zweifel an einem Selbstmord. Das Video ist eindeutig und deshalb kann er Jamies Anliegen nicht so recht verstehen. Doch ihr zuliebe wird er sich die Aufzeichnung noch intensiver anschauen.

Er vergrößert die Aufnahme und sieht sie sich mehrfach in Zeitlupe an. Aufmerksam achtet er auf jedes Detail: ihre Haare, ihre Schuhe, ihr Kleid und verfolgt jeden ihrer Schritte, alle Bewegungen ihres Kopfes und ihrer Arme. Doch so sehr er sich auch bemüht, er kann nichts Auffälliges entdecken. Er will schon aufgeben, da ringt er sich durch, das Band noch ein letztes Mal anzusehen. Und tatsächlich. Er bemerkt etwas, was er vorher nicht wahrgenommen hat. Als Victoria in der Mitte des Außenbereiches stehen bleibt und sich umdreht, erkennt er, dass von ihrem rechten Oberarm auf der kameraabgewandten Seite, etwas heruntertropft. Er hält das Video an und vergrößert den Ausschnitt. Dabei wird klar, dass es sich um Blut handelt.

Daraufhin schaut sich Matt jedes Bilddetail noch intensiver an und macht schließlich eine weitere Entdeckung. Dieses entscheidende Detail war damals scheinbar niemandem aufgefallen. Doch damit steht fest, dass Victoria nicht freiwillig gesprungen ist.

Er bemerkt etwas, was er vorher nicht wahrgenommen hat. Als Victoria in der Mitte des Außenbereiches stehen bleibt und sich umdreht, erkennt er, dass von ihrem rechten Oberarm auf der kameraabgewandten Seite, etwas heruntertropft. Er hält das Video an und vergrößert den Ausschnitt. Dabei wird klar, dass es sich um Blut handelt.

Daraufhin schaut sich Matt jedes Bilddetail noch intensiver an und macht schließlich eine weitere Entdeckung. Dieses entscheidende Detail war damals scheinbar niemandem aufgefallen. Doch damit steht fest, dass Victoria nicht freiwillig gesprungen ist.

Kapitel 15

13. Mai 2018, Juneau

Gedankenverloren blickt Jamie aus dem Fenster ihrer Kabine auf Juneau. Die Berge im Tongass Nationalforest sind wolkenverhangen. Es regnet in Strömen. Das ist hier häufig der Fall, wie sie in ihrem Reiseführer gelesen hat. Liquid Sunshine nennen die Einheimischen den Regen. Die rote Gondel der Seilbahn schwebt über den Baumwipfeln hinauf auf den Mount Roberts und wird kurze Zeit später von den tiefhängenden Wolken verschluckt.

Sie will auch hier auf keinen Fall das Schiff verlassen aus Angst, Kim könnte wieder auftauchen und sie wäre nicht da.

Als Jamie vorgestern nachgesehen hat, ob Dokumente von Kim fehlen, hat sie nur Reisepass, Geld und Kreditkarte geprüft. Sie hat nicht die Dinge durchgeschaut, die Kim in ihrer Businesstasche verstaut hat. Diese holt sie jetzt aus dem Schrank, setzt sich aufs Bett und öffnet sie. Neben Fotoapparat, Fernglas und Laptop entdeckt sie einen Kalender. Es ist der schöne Kalender mit dem schwarzen Ledereinband, den sie ihrer Schwester vor einigen Jahren zum Geburtstag geschenkt hat und in dem jedes Jahr nur die Kalenderblätter ausgetauscht werden müssen. Jamie bekommt ein schlechtes Gewissen, weil sie in Kims persönlichen Sachen herumschnüffelt. Doch vielleicht entdeckt sie etwas, was ihr weiterhelfen könnte. Sie schaut sich die Einträge der vergangenen Wochen an: Friseurtermine, Arzttermine und Treffen mit Freunden. Nichts Besonderes. Obwohl, zwischendrin ist immer wieder ein B vermerkt. Aber wofür steht das B? Steht es für Belinda? Wohl kaum. Zu ihr hat Kim zwar Kontakt, allerdings nicht so häufig. Oder für Brian? Nein. Zu ihm hat Kim die Verbindung abgebrochen. So sehr Jamie auch überlegt, es fällt ihr niemand ein. Schließlich prüft sie Kims Kontakte im hinteren Bereich. Niemand mit einem B ist dort eingetragen. Der Kalender hilft Jamie nicht weiter, deshalb wirft sie ihn achtlos aufs Bett. Dabei rutscht etwas heraus und fällt zu Boden. Sie bückt sich, um es aufzuheben. Es ist ein Foto, das Kim zusammen mit einem Mann zeigt. Jamie stutzt. Die Aufnahme kann noch nicht alt sein. Das Kleid, das Kim trägt, hat sie erst im Frühjahr gekauft. Jetzt ist allerdings klar, was das B bedeutet. Es steht für Brad, Kims Ex-Freund. Kim hat ihr verschwiegen, dass sie sich wieder treffen.

Dann klingelt Jamies Handy. Auf dem Display erscheint ein Bild von Matt und ihr am Strand von Hawaii. Dort waren sie gemeinsam vor zwei Jahren mit Kim und Matts Bruder Andy in Urlaub gewesen. Sie haben dort eine tolle Zeit verbracht und wollten nächstes Jahr noch einmal gemeinsam dorthin reisen. Ob sich dieser Traum erfüllen wird?

„Hast du etwas herausgefunden?", fragt Jamie erwartungsvoll.

„Es war nicht einfach zu erkennen und ich musste mir das Video mehrere Male ansehen, aber ich habe tatsächlich etwas Unglaubliches entdeckt. Das haben die Ermittler damals übersehen."

„Nun sag schon! Was ist es?", drängelt Jamie ungeduldig.

„Du erinnerst dich daran, dass Victoria eine Brille trug, als sie gesprungen ist."

„Ja", entgegnet Jamie und fragt sich, was die Brille mit einer unglaublichen Entdeckung zu tun haben soll.

„Als sie auf dem Weg zur Reling stehen bleibt und sich umdreht, spiegelt sich in einem ihrer Brillengläser eine Person."

„Wie bitte?"

„Es ist nur ein kurzer Moment, in dem man ihre Umrisse sieht. Man hat keine Chance, sie zu erkennen."

„Dann wurde Victoria gezwungen, in den Tod zu springen. Das erklärt auch die Tatsache, dass sie sich noch einmal umgedreht hat", stellt Jamie erschüttert fest. „Wer war diese Person? Ein anderer Passagier? Ein Crewmitglied? Ihr Mann?"

„Möglicherweise handelt es sich um dieselbe Person, die für Kims Verschwinden verantwortlich ist."

„Du meinst, Kim wurde auch gezwungen, von Bord zu springen? Nein, das glaube ich nicht. Sie wäre nicht einfach zur Reling spaziert und gesprungen."

„Ist dir nicht aufgefallen, dass Victoria irgendwie benebelt wirkt? Ich denke, sie stand unter dem Einfluss irgendwelcher Medikamente. Sonst hätte sie sich mit Sicherheit gewehrt und um ihr Leben gekämpft. Das Problem ist, dass du der Polizei keinen Hinweis geben kannst, dass sie damals nicht allein auf dem Restaurantdeck gewesen ist und die Fälle eventuell zusammenhängen. Sie werden wissen wollen, woher die Vermutung stammt und Beweise verlangen. Aber dann bin ich dran."

„Ich weiß. Wir müssen das irgendwie anders herausfinden. Ich denke, bei der unbekannten Person handelt es sich um jemanden von der Besatzung", sagt Jamie nachdenklich.

„Wie kommst du darauf?"

„Wie schon gesagt, die Türen des Restaurants sind nach Ende der Öffnungszeiten geschlossen und der Zugang zum

Außendeck erfolgt durch das Restaurant."

„Vielleicht hat sich die Person mit Victoria auf der Toilette versteckt und abgewartet, bis niemand mehr da ist", vermutet Matt.

„Ausgeschlossen. Die Toiletten befinden sich vor dem Restauranteingang. Ich vermute, die Person hat einen uneingeschränkten Zugang zum Restaurant. Obwohl, wenn sie besonders clever ist, könnte sie sich auch irgendwie den Schlüssel besorgt haben." Jamie gibt sich kämpferisch. „Ich werde herausfinden, was hier geschehen ist."

„Jamie, sei vorsichtig. Denk daran, dass du auf einem Schiff bist. Es gibt keine Polizei, die du anrufen kannst und die dir zu Hilfe kommt. Wenn der Täter sich in die Ecke gedrängt fühlt, kann er unberechenbar sein."

Kapitel 16

Trotz der neuen Erkenntnisse über Victorias vermeintlichen Selbstmord und der Frage, wer es war, der sie in den Tod getrieben hat, beschäftigt Jamie noch etwas anderes. Nachdem sie feststellte, dass Kim ihr den Kontakt zu Brad verschwiegen hat, lässt sie die Frage des Staff-Kapitäns, ob Kim am Abend ihres Verschwindens getrunken hätte, nicht mehr los.

War es vielleicht nur ein Vorwand gewesen, frische Luft schnappen zu wollen, um allein in einer Bar zu trinken? Es hätte sie allerdings jemand einladen müssen, denn Kims Karte lag in der Kabine.

Was ist, wenn die Nachricht auf ihrer Mailbox „Jamie ich habe gerade …" mit „… Alkohol getrunken" geendet hätte? Die Feststellung, dass sie rückfällig geworden ist, würde ihre Aufgeregtheit erklären.

Einer, der ihr diese Frage eventuell beantworten könnte, ist Brad. Kurzentschlossen wählt Jamie seine Nummer.

Mit einem einfachen „Ja" meldet sich Brad am anderen Ende der Leitung.

„Hallo Brad, hier ist Jamie."

„Jamie?", fragt er erstaunt.

„Ich weiß, es ist lange her, aber …"

„Dann hat sie dir also endlich von uns erzählt. Wurde aber auch Zeit. Ich habe nicht verstanden, warum sie so ein Geheimnis daraus gemacht hat. Euch scheint die Kreuzfahrt ja gut zu gefallen. Kim hat geschrieben, dass das Schiff toll sei.

Danach habe ich allerdings nichts mehr von ihr gehört. Seid ihr so entspannt, dass ihr uns Zurückgebliebenen vergessen habt?", scherzt er.

Aha. Sie sind tatsächlich wieder zusammen. „Die Reise ist traumhaft. Wir genießen jede Minute und sind viel unterwegs. Der Grund meines Anrufes ist etwas delikat. Kim weiß nichts davon, also erwähne es bitte nicht."

„Das hört sich aber geheimnisvoll an."

„Trinkt Kim wieder? Nicht, dass ich etwas bemerkt hätte, aber ich mache mir Sorgen, weil das Angebot hier so groß ist."

„Du brauchst dir keine Sorgen zu machen. Kim ist absolut trocken. Sie hat mit dem Kapitel abgeschlossen und weiß selbst, dass ein kleiner Schluck einen Rückfall auslösen kann. Wir haben viel darüber gesprochen und sie will ihren Job und unsere Beziehung nicht noch einmal aufs Spiel setzen."

„Dann bin ich erleichtert. Ich habe nämlich im Nachhinein überlegt, ob eine Kreuzfahrt mit einem Getränkepaket, in dem auch Alkohol inklusive ist, das richtige für sie ist. Du, ich muss Schluss machen. Kim kann jeden Moment aus der Dusche kommen."

„Dann wünsche ich euch noch viel Spaß. Bis bald. Ich denke, wir werden uns demnächst öfter sehen."

„Ja, bis bald."

Als Jamie das Gespräch beendet, fühlt sie sich schäbig. Sie hat Brad ausgehorcht, ihm aber nicht die Wahrheit über Kims Verschwinden gesagt. Dafür wird er sie hassen. Doch jetzt hat sie Gewissheit, dass Kim nicht betrunken gewesen ist.

Kapitel 17

Während die Starlight Symphony Juneau verlässt, sitzt Jamie in der Kabine und überlegt, wie sie weiter vorgehen soll. Victorias Tod wirft viele Fragen auf.

Wollte ihr Ehemann sie loswerden, um womöglich eine hohe Lebensversicherung zu kassieren? War es ein Crewmitglied gewesen, das Victoria bei einem Diebstahl erwischt hat?

Fest steht lediglich, dass die Person gewusst haben muss, dass der Außenbereich des Restaurants nicht von anderen einsehbar und videoüberwacht ist. Denkbar ist auch, dass diese Person mit Kims Verschwinden zu tun hat und vielleicht sogar der Mann vom Rettungsboot ist. Diese Person will Jamie unter allen Umständen finden.

Sie beschließt, den Staff-Kapitän mit der Tatsache zu konfrontieren, dass sie sich über den angeblichen Selbstmord Victorias informiert hat, um ihm einige Fragen zu stellen. Dass sie das Band der Überwachungskamera gesehen und Matt eine weitere Person im Hintergrund entdeckt hat, wird sie aus taktischen Gründen für sich behalten. Es würde einerseits ihre illegalen Aktivitäten ans Licht bringen und andererseits könnte die Person, falls es sich um ein Besatzungsmitglied handelt, durch Nachforschungen des Staff-Kapitäns innerhalb der Crew gewarnt sein.

„Wie geht es Ihnen, Frau Miller?", fragt der Staff-Kapitän, als Jamie die Brücke betritt.

„Ich bin okay. Sie wissen ja, dass ich nicht daran glaube, dass meine Schwester über Bord gesprungen ist", entgegnet Jamie. „Was kann ich für Sie tun? Meine Kollegin meinte, Sie hätten noch ein paar Fragen an mich."

„Ich bin Journalistin und wie Sie sich sicher denken können, ein wissbegieriger Mensch."

Der Staff-Kapitän lächelt. „Das kann ich mir vorstellen. Ich habe schon einige Ihrer Zunft kennengelernt."

„Natürlich habe ich mich über die Vergangenheit des Schiffes informiert und bin auf einen Vorfall gestoßen", erklärt Jamie.

„Sie meinen sicher den Selbstmord einer Passagierin vor zwei Jahren", vermutet er und sein Blick verfinstert sich von einem Moment auf den anderen. „Das war eine tragische Geschichte. Wir haben alle mit dem Mann gelitten. Niemand hat verstanden, wie eine hübsche, junge Frau so etwas tun konnte. Es war das erste Mal in meiner langjährigen Laufbahn, dass ich mit solch einem Fall konfrontiert war."

„Wie ist sie mitten in der Nacht in den Außenbereich des Restaurants gelangt? Der Restauranteingang ist nach Ende der Öffnungszeiten verschlossen", fragt Jamie geradeheraus. Es ist nicht ihre Art, um den heißen Brei herumzureden.

Der Staff-Kapitän zuckt mit den Schultern. „Das wissen wir nicht genau. Wir vermuten, dass sie sich unbemerkt in einen Abstellraum geschlichen und dort versteckt hat."

„Finden Sie das nicht merkwürdig? Ich meine, sie hätte so viele andere Möglichkeiten auf den jederzeit zugänglichen Außendecks gehabt."

„Da stimme ich Ihnen zu. Doch nur dort konnte sie sicher sein, dass niemand sie von ihrem Vorhaben abhalten würde. An einem anderen Ort hätte jederzeit jemand vorbeikommen können."

„Das klingt einleuchtend. Trotzdem. Sie hätte auch woanders springen können. Um die Uhrzeit, zu der es passiert ist, waren mit Sicherheit keine Leute mehr unterwegs."

„Ich weiß ehrlich gesagt nicht, worauf Sie hinaus wollen. Die Frau hat vorgehabt, sich umzubringen", sagt der Staff-Kapitän und sieht sie aufmerksam an. „Da gibt es keinen Zweifel. Niemand hätte sie aufhalten können."

„Sie wissen doch, als Journalistin hinterfragt man alles. Tut mir leid, wenn ich Sie aufgehalten habe."

„Schon gut. Wie gesagt, Sie können jederzeit zu mir kommen."

Jamie ärgert sich über sich selbst. Was hat sie mit dieser Fragerei erreichen wollen? Es war von vorneherein klar, dass nichts dabei herauskommen würde. Alle gehen von einem Selbstmord aus. Das war jetzt die zweite völlig sinnlose Aktion, die sie unternommen hat. Was denkt wohl der Staff-Kapitän über sie?

„Eine Sache noch", sagt Staff-Kapitän Hansen. „Es tut mir leid Ihnen das sagen zu müssen, aber wir haben vor ein paar Minuten die Meldung erhalten, dass die Küstenwache die Suche eingestellt hat."

„Aha." Jamie nimmt die Nachricht unbeteiligt auf.

„Wenn Sie also das Schiff verlassen möchten, dann ..., ich meine, weil es doch eine psychische Belastung für Sie ist."

„Nein!", entgegnet sie entschieden. „Ich bleibe!"

Auf dem Weg zurück zur Kabine begegnet Jamie dem jungen Paar, das Kim und sie bei der Rettungsübung kennengelernt haben.

„Wir haben zufällig mitbekommen, dass es deine Schwester war, die von Bord gesprungen ist. Das tut uns so leid. Können wir dir irgendwie helfen?", fragt Mary betroffen.

„Danke für das Angebot. Das ist lieb von euch. Aber im Augenblick gibt es nichts, wobei ihr mir helfen könnt."

„Wenn irgendetwas sein sollte, wir haben Kabine 8911. Du kannst uns jederzeit anrufen", bietet John an.

„Bleibst du bis zum Ende der Reise an Bord?", will Mary wissen.

„Ja, denn ich glaube nicht an Selbstmord."

John stutzt. „Du meinst, sie wurde Opfer eines Verbrechens?"

„Ich weiß es nicht. Nur eines steht fest: Meine Schwester hat definitiv keinen Grund gehabt sich umzubringen. Sie war weder depressiv noch lagen irgendwelche anderen Probleme vor." Es macht Jamie wütend, dass scheinbar von Seiten der Besatzung verbreitet wird, dass eine Passagierin von Bord gesprungen ist. Alles andere wäre ein enormer Imageschaden. Deswegen gehen Staff-Kapitän und Sicherheitsoffizier auch nicht weiter auf Kims Nachricht ein und machen keine weiteren Vorschläge, was sie unternehmen könnten. „Wie auch immer. Ich werde an Bord bleiben, bis ich weiß, was mit Kim geschehen ist."

Die beiden nicken anerkennend. „Das ist gut", bekräftigt John. „Wenn du einen Selbstmord wirklich ausschließen kannst, solltest du versuchen, die Wahrheit herauszufinden. Du solltest aufpassen, dass nicht versucht wird, etwas zu vertuschen, um den Schein zu wahren."

In diesem Augenblick klingelt Jamies Handy. Beim Blick auf das Display erkennt sie Janets Nummer. Diese ist eine alte Schulfreundin. Sie arbeitet in der Bank, bei der Kim ihr Konto hat. Jamie hat sie sofort über Kims Verschwinden informiert und gebeten, sich zu melden, falls irgendwelche Abbuchungen von ihrem Konto getätigt werden.

„Entschuldigt mich bitte. Das Gespräch ist wichtig. Das muss ich annehmen", sagt Jamie und verabschiedet sich.

„Janet?", fragt sie erwartungsvoll.

„Hallo Jamie. Ich habe gerade festgestellt, dass von Kims Konto Geld abgehoben wurde."

„Wann?"

„Um 14.45 Uhr."

„Wo?"

„In Juneau."

„Haben sie dort eine Überwachungskamera? Gibt es ein Foto?"

„Ja. Ich habe es vorliegen und schicke es dir sofort. Es ist leider nicht sehr scharf. Aber schaue es dir selber an."

„Danke, Janet", sagt sie und legt auf.

Jamies Herz klopft zum Zerspringen. Ihre Gedanken überschlagen sich. War es tatsächlich Kim, die das Geld abgehoben hat? Hat sie den Sturz vom Schiff überlebt und wurde gerettet?

Oder hat Kim die Kette und den Stofffetzen absichtlich an der Reling platziert, um eine falsche Fährte zu legen, sich irgendwo versteckt zu halten und sich in Juneau ohne Karte von Bord geschlichen? Denn diese liegt schließlich hier in der Kabine. Jamie kann ihre Gedanken nicht mehr kontrollieren. Letzteres wäre völlig absurd. Was hätte Kim für einen Grund unterzutauchen und ihr diese quälende Ungewissheit anzutun? Unentwegt starrt Jamie auf das Display ihres Smartphones. Wann geht endlich die Nachricht mit dem Foto ein? Die

Sekunden werden zur Ewigkeit. Ungeduldig geht sie im Gang auf und ab. Dann erscheint im Display die Meldung über eine eingehende Nachricht. Jamie stöhnt auf. Die SMS ist von einer Kollegin aus der Redaktion. Sie ignoriert sie und fixiert weiterhin ihr Smartphone.

Nach einer Weile geht eine weitere Nachricht ein. Diesmal von Janet. Jamie atmet tief durch. Sie weiß nicht, was sie erwartet. Sie öffnet die Nachricht und zuckt zusammen.

Kapitel 18

„Kim lebt!", ruft Jamie aufgeregt ins Telefon. „Hast du gehört Matt? Sie lebt!"

„Gott sei Dank. Da bin ich aber froh", entgegnet Matt erleichtert. „Wieso war sie verschwunden? Was hat sie gesagt, warum sie dir solch einen Schreck eingejagt hat?"

„Ja, also … Wir haben noch nicht miteinander gesprochen. Ich weiß nicht genau, wo sie ist", gesteht Jamie.

Stille.

„Du hast nicht mit ihr gesprochen und du weißt nicht, wo sie ist? Woher weißt du denn, dass sie lebt?", fragt Matt irritiert.

„Sie hat heute Nachmittag in Juneau Geld von ihrem Konto abgehoben. Janet, eine Angestellte von Kims Hausbank, hat mich darüber informiert. Sie hat mir ein Foto geschickt, das von der Überwachungskamera am Geldautomaten aufgenommen wurde."

„Und das Bild zeigt tatsächlich Kim?"

„Ja, ich bin mir ganz sicher. Sie trägt zwar eine Sonnenbrille und eine Kappe, aber sie ist es. Außerdem hat sie ihr Lieblingstuch um den Hals gewickelt."

„Hast du mir nicht geschrieben, dass es heute den ganzen Tag geregnet hat? Warum trägt sie dann eine Sonnenbrille?", fragt Matt skeptisch.

Schweigen.

Jamies Freude hat einen Dämpfer bekommen. Darüber hat sie in ihrer Euphorie gar nicht nachgedacht. Matt hat recht.

Niemand würde bei diesem Wetter eine Sonnenbrille aufsetzen. Es sei denn, er hätte etwas zu verbergen.

„Findest du es nicht ziemlich seltsam, dass sie von ihrem Konto Geld abholt, dir aber nicht Bescheid gibt, dass es ihr gut geht und ihr nichts zugestoßen ist? Ich hoffe natürlich auch, dass Kim lebt und ich möchte dir nicht die Hoffnung rauben. Aber mir kommen schon gewaltige Zweifel, dass es sich bei der Person tatsächlich um deine Schwester handelt. Wie sieht es mit der Qualität des Bildes aus?"

„Es ist nicht ganz scharf."

„Schick mir das Foto mal rüber. Ich werde es durch die Software laufen lassen und melde mich dann wieder bei dir."

„Du hast es in zwei Minuten."

Nachdenklich lässt sich Jamie auf einen Stuhl nieder, versendet das Bild und legt ihr Handy auf den Tisch vor sich. Sie ärgert sich, dass sie das alles nicht selbst erkannt hat. Normalerweise ist sie nicht so leichtgläubig, hinterfragt alles und lässt sich nichts vormachen. Wahrscheinlich ist sie in diesem Fall naiv gewesen, weil sie sich so sehr wünscht, dass Kim lebt.

Eine gefühlte Ewigkeit fixiert sie das Handy, lässt es keine Sekunde aus den Augen. So, als könnte sie mit ihrem Blick das Klingeln herbeiführen. Doch es bleibt stumm.

Erst eine Viertelstunde später meldet sich Matt. Jamies Herz rast vor Aufregung. Was hat er herausgefunden? Wird er ihr sagen, dass er zu Unrecht gezweifelt hat? Dass es auf dem Bild tatsächlich ihre Schwester ist? Oder wird er ihr schonend beibringen, dass es sich bei der Person nicht um Kim handelt?

„Und?", fragt Jamie angstvoll.

„Ich habe mir das Bild genau angesehen. Tut mir leid Jamie.

Es besteht zwar eine verblüffende Ähnlichkeit, aber die Frau ist definitiv nicht Kim."

„Verdammt", murmelt Jamie verzweifelt und vergräbt ihr Gesicht in der linken Hand.

„Kim hat doch diesen winzigen Leberfleck rechts über der Oberlippe. Den hat die Person auf dem Foto nicht. Außerdem trägt sie eine Perücke, die Haare wirken nicht echt. Das kann ich trotz der schlechten Qualität erkennen. Und, die Frau trägt eine Kappe mit dem gleichen Schriftzug wie der Mann vom Rettungsboot."

Von einer Sekunde auf die andere fühlt sich Jamie kraftlos und hat Angst, jeden Moment in sich zusammenzusacken.

„Dann ist Kim tatsächlich etwas zugestoßen." Jamies Stimme droht zu versagen.

„Davon müssen wir jetzt ausgehen, denn mit dieser Aktion wollte dich jemand auf eine falsche Fährte locken und dazu bewegen, das Schiff zu verlassen."

Kapitel 19

Johnny ist verzweifelt. Das Wissen über die kriminellen Machenschaften an Bord belastet ihn. Einerseits will er, dass dieser Verbrecher bestraft wird, andererseits hat er Angst. Auf jeden Fall muss er mit jemandem darüber sprechen. Deshalb beschließt er nach langem Überlegen, seinen besten Freund einzuweihen.

„Rodney, ich muss dir was erzählen", beginnt er, als die beiden am Nachmittag die Pause in ihrer Kabine verbringen. „Du darfst aber keinem was sagen! Versprich es!"

Rodney sieht ihn irritiert an. „Du machst es aber spannend. Willst du eine Bank ausrauben?"

„Versprich es", bittet Johnny eindringlich.

„Okay, okay. Versprochen." Rodney ist gespannt, was so brisant ist, dass sein Freund solch ein Drama darum macht.

„Gut", beginnt Johnny und erzählt ihm in wenigen Sätzen, auf wen er mitten in der Nacht im Lager getroffen ist und wobei er ihn überrascht hat. Dabei flüstert er, aus Angst, dass jemand sie belauschen könnte.

Während seinen Schilderungen werden Rodneys Augen immer größer. Sein Mund ist vor Entsetzen weit geöffnet, das Gehörte verschlägt ihm die Sprache.

„Das ist nicht wahr!", bringt Rodney hervor, als er seine Sprache wiedergefunden hat.

„Doch. Verstehst du, warum du nichts sagen darfst?", fragt Johnny geknickt.

Rodney schüttelt den Kopf. „Krass. Du musst sofort die Polizei informieren."

„Das geht nicht. Ich glaub, der hat Komplizen. Seit der Nacht fühl ich mich verfolgt. Wenn ich zur Polizei gehe, nehmen die ihn fest. Aber was ist mit den anderen? Die werden sich rächen! Ich hab Angst, die tun Jackie und den Kindern was an. Das sind Schweine! Verstehst du?"

Dann zieht er einen Umschlag unter seinem Kopfkissen hervor und reicht ihn Rodney. „Ich muss ihn irgendwie auffliegen lassen. Aber so, dass er nicht denkt, dass ich was gesagt habe. Wenn mir was passiert, bringst du diesen Umschlag zur Polizei. Darin hab ich alles aufgeschrieben."

„Glaubst du, dass der dir hier auf dem Schiff was antut? Es wird gerade eine Passagierin vermisst. Das wär schlechte Werbung für die Reederei."

„Dem traue ich alles zu. Du hältst dicht, oder?"

„Klar. Aber ich werde meine Augen offen halten. Wenn mir was auffällt, sag ich dir Bescheid."

„Danke Rodney. Du bist ein echter Freund."

Kapitel 20

Zum ersten Mal seit Kims Verschwinden war Jamie noch einmal im Atlantic Restaurant gewesen und hat eine warme Mahlzeit zu sich genommen.

Die Ereignisse der letzten Tage waren ihr auf den Magen geschlagen, so dass sie seitdem kaum etwas hat essen können. Jetzt fühlt sie sich besser und möchte den Abend nicht allein in der Kabine verbringen. Sie braucht etwas Ablenkung und ein paar nette Menschen zum Reden. Deshalb geht sie in die Observation Lounge.

Vielleicht trifft sie Carrie und Bob, mit denen sie sich zu Beginn der Reise dort unterhalten haben.

In der Lounge ist nicht viel los und sie entdeckt keine bekannten Gesichter. Ein Pianist spielt auf dem Flügel, der am Rande der Tanzfläche steht. Die Musik ist leise und wirkt entspannend. Jamie sucht sich eine freie Sitzgruppe direkt am Fenster und wählt einen Platz mit Blick aufs Wasser.

Ihr bietet sich eine phantastische Szenerie. Die Abenddämmerung taucht die Umgebung in ein sanftes Orange. Das Licht und die Stimmung wirken magisch. Rechts und links des Schiffs hohe, dicht bewaldete Berge, davor kleine Inseln. Und nichts als Einsamkeit. Keine Städte, keine Orte, nur manchmal vereinzelte Hütten.

In der Ferne entdeckt sie den Blas vorbeiziehender Wale. Faszinierend. Wenn sie abtauchen, weiß man nie genau, wo sie als nächstes wieder auftauchen. Das war es, was sie sich von dieser Reise erhofft hat: atemberaubende Natur und wilde Tiere.

Jamie schaut sich die Fotos des ersten Tages auf ihrem Smartphone an: Kim im Liegestuhl an Deck, Kim beim Abendessen und Kim in der Lounge mit einem Cocktail in der Hand kurz vor ihrem Verschwinden.

Immer wieder sieht sie sich die Bilder an. Kims strahlendes Gesicht, ihre Vorfreude auf unvergessliche Erlebnisse. Doch dann durchzuckt es Jamie wie ein Blitz. Auf dem letzten Foto hat sie etwas entdeckt, was sie vorher nicht bemerkt hat. Und dieses winzige Detail hilft ihr, den Kreis der Personen, die für Kims Verschwinden verantwortlich sein können, einzuschränken.

Warum ist mir das nicht vorher aufgefallen! Jamie ärgert sich, dass sie diesen wichtigen Hinweis übersehen hat.

Sofort wählt sie Matts Nummer.

„Matt, mir ist gerade etwas aufgefallen", flüstert sie aufgeregt ins Telefon.

„Was ist passiert?", fragt ein verschlafener Matt.

„Tut mir leid, wenn ich dich geweckt habe. Aber ich habe etwas Entscheidendes entdeckt. Ich weiß jetzt mit Sicherheit, in welchem Umfeld der oder die Täter zu finden sind."

„Und wo?" Matt ist plötzlich hellwach.

„Unter den Crewmitgliedern! Definitiv. Deshalb brauche ich eine Liste derer, die sich in Juneau zum Zeitpunkt des Geldabholens an Land befanden. Und eine Liste der Personen, die sowohl am Tag von Victorias Tod als auch an dem von Kims Verschwinden an Bord waren."

„Du meinst, es war tatsächlich jemand von der Besatzung?", fragt Matt ungläubig. „Was macht dich da so sicher?"

„Die Kette, die die Polizei an der Stelle gefunden hat, wo Kim angeblich über Bord gegangen ist, hat sie am Abend ihres Verschwindens gar nicht getragen. Sie bewahrt sämtlichen Schmuck, den sie nicht getragen hat, in ihrer Handtasche in der Kabine auf."

Kapitel 21

Mit seiner Werkzeugkiste in der Hand geht Johnny zu einer der Suiten auf Deck 9, in der eine Schranktür klemmt. Das dürfte er in ein paar Minuten behoben haben.

In den Gängen ist es ruhig. Die meisten Passagiere essen zu Abend oder besuchen die Show „Die größten Musicalhits". Johnny lächelt.

Er hat Teile seines Trinkgeldes auf Seite gelegt und möchte seine Frau im Urlaub mit einem Musicalbesuch überraschen, denn davon träumen beide seit langem.

Doch dann verfinstert sich seine Miene abrupt. *Er* kommt ihm entgegen. Seit dem Vorfall neulich war dieses Schwein ihm nicht mehr begegnet. Johnny weiß nicht, wie er sich ihm gegenüber verhalten soll. Jeder einzelne Muskel seines Körpers ist angespannt. Die Angst liegt wie ein schwerer Fels auf seiner Brust und nimmt ihm fast den Atem.

„Guten Abend", grüßt Johnny unsicher und möchte sich mit gesenktem Kopf an dem Verbrecher vorbeischleichen.

„Ah, der Handwerker", entgegnet der Mittfünfziger herablassend. „Wieder auf dem Weg ein Regal zu reparieren?"

„Eine Schranktür in einer Suite klemmt."

„Ach so, eine Schranktür klemmt. Wie geht es Jackie?"

Johnny zuckt zusammen. Woher kennt er den Namen seiner Frau?

Der sportliche und einen Kopf größere Mann grinst triumphierend. Offensichtlich hat seine Frage ihr Ziel nicht verfehlt.

„Gut, Danke."

„Dann hat sie also den Autounfall unverletzt überstanden?", hakt er nach.

„Welchen Autounfall?", fragt Johnny misstrauisch.

„Du hast noch nichts davon gehört? Ihr Wagen wurde von einem LKW gerammt. Die Kinder saßen glücklicherweise nicht mit im Fahrzeug."

Johnnys Herz verkrampft sich. Stimmt das, was er sagt? Woher weiß er etwas, worüber man ihn noch nicht informiert hat?

„Nein, ich …, ich hab nichts gehört", stammelt er völlig verunsichert.

„Du fragst dich jetzt sicher, woher ich das weiß?", fragt der Verbrecher mit einem widerlichen Grinsen auf dem Gesicht.

„Ja."

Du bist so naiv, du Idiot, denkt der Mann kopfschüttelnd. Du musst in deinem Leben noch viel lernen. Erstens musst du immer mehr wissen, als dein Gegenüber und zweitens musst du Kontakte haben. Überall.

„Lass dir Zeit mit der klemmenden Schranktür. Die ist jetzt nicht so wichtig. Ruf erst deine Frau an und frage, wie es ihr geht. Hier, du kannst mein Handy benutzen." Großzügig reicht er Johnny sein Mobiltelefon.

Johnny überlegt. Auch wenn er sich große Sorgen um seine Familie macht, falls er Jackie davon anruft, kennt dieser Verbrecher ihre Nummer. Das will er auf keinen Fall. „Nein, danke. Ich sprech später mit ihr."

„Ach komm schon. Du willst doch jetzt nicht mit dem Gedanken an den Unfall im Hinterkopf arbeiten, ohne zu wissen, was passiert ist und wie es deiner Frau geht?"

„Doch. Ich mach erst meine Arbeit."

Der große Mann tritt einen Schritt auf ihn zu. Er wirkt furchteinflößend. „Du nimmst jetzt das Handy und rufst deine Frau an. Verstanden?", sagt er in einem Ton, der keinen Widerspruch duldet. Sein Blick ist drohend. Johnny blickt nach rechts und links. Weder ein Passagier noch ein anderes Crewmitglied ist in der Nähe.

Also nimmt er das Handy und wählt Jackies Nummer. Innerhalb weniger Sekunden meldet sie sich. In seiner Muttersprache fragt er, ob ihr etwas zugestoßen sei. Unter Tränen erzählt sie ihm, was am Morgen passiert ist. Sie hat gerade die Kinder vor der Schule abgesetzt und war auf dem Rückweg zu ihrer Wohnung, als sich ein LKW von hinten näherte. Er sei immer dichter aufgefahren und habe sie schließlich gerammt. Sie konnte das Auto nur mit Mühe auf der Straße halten. Als sie einhielt, um den Schuldigen zur Rede zu stellen, war er einfach weitergefahren. Anzeigen konnte sie ihn nicht, weil das Fahrzeug weder vorne noch hinten Nummernschilder gehabt habe. Passiert sei ihr nichts, nur die Stoßstange des alten Autos sei verbeult.

Johnny ist geschockt. Ihm ist klar, wer für diesen Unfall verantwortlich ist. Er verspricht Jackie, sich später nochmal bei ihr zu melden. Dann beendet er das Gespräch.

„Alles in Ordnung", sagt er und reicht dem Verbrecher sein Handy.

„Da bin ich aber froh, dass alles nochmal gut gegangen ist", sagt er heuchlerisch. Dann baut er sich drohend vor Johnny auf. „Ich sage dir jetzt etwas. Das war nur eine Warnung. Wenn du irgendjemandem gegenüber auch nur ein Sterbenswörtchen verlierst, wird der nächste LKW Jackies Wagen zerquetschen wie eine Sardinenbüchse. Da kommt sie dann nicht mehr lebend raus. Und du brauchst ihr auch nicht zu raten, dass sie sich bei Verwandten versteckt. Meine Leute werden sie überall finden."

Kapitel 22

Ein Gefühl sagt Jamie, dass sie nicht allein auf dem Außendeck unterwegs ist. Unsicher schaut sie sich immer wieder um. Doch niemand ist zu sehen. Trotzdem wird sie den Eindruck nicht los, dass jemand in der Nähe ist. Sie fühlt sich beobachtet, regelrecht verfolgt. Doch von wem? Vielleicht bildet sie sich alles auch nur ein und leidet unter Verfolgungswahn. Trotzdem geht sie unwillkürlich schneller und blickt immer wieder über die Schulter zurück.

Mittlerweile ist es 1.00 Uhr. Die Nacht ist sternenklar und kalt. Der Wind weht ihr direkt ins Gesicht, beißt auf ihrer Haut. Er zerrt unerbittlich an ihrer dünnen Sommerjacke, dringt durch jede noch so kleine Öffnung. Jamie friert erbärmlich. Sie verschränkt die Arme fest vor der Brust und würde am liebsten wieder hinein gehen. Doch sie braucht diese Abkühlung, um den Kopf nach den schlimmen Ereignissen der letzten Tage wieder frei zu bekommen. Sie dreht durch, wenn sie sich den ganzen Tag nur im Inneren des Schiffs aufhält und auf einen Hinweis von Kim wartet. Deshalb umrundet sie schnellen Schrittes Deck 5 und lauscht dem Rauschen des Meeres.

Der junge Mann, der sich hinter einem Stapel Liegestühlen versteckt, beobachtet Jamie seit geraumer Zeit. Er hat gehofft, dass sie am späten Abend noch einmal ihre Kabine verlassen würde. So wäre die Chance groß, sie irgendwo allein anzutreffen. Und das will er unbedingt. Diese Gelegenheit bietet sich, als sie das Außendeck betritt. Sie geht Richtung Heck des Schiffes und dort ist um diese Uhrzeit normalerweise niemand unterwegs.

Er ist aufgeregt, kaut unentwegt an seinen Fingernägeln. Solch eine Möglichkeit wird sich ihm nicht wieder bieten. Er muss handeln. Hier und jetzt. Fieberhaft überlegt er, wie er sein Vorhaben am besten in die Tat umsetzen kann. Der Abschnitt, in dem sie sich gerade befindet, wird von einer Videokamera überwacht. Er muss warten, bis sie einen Bereich betritt, der nicht erfasst wird. Das wird erst am Heck der Fall sein. Wenn sie das erreicht, muss er sie eingeholt haben. Sonst hat er seine einzige Chance verpasst.

Er zieht die Kapuze seiner Sweat-Jacke noch tiefer ins Gesicht und geht los. Äußerst vorsichtig bewegt er sich im Schutz der aufgestapelten Stühle vorwärts. Immer den Gedanken im Kopf, dass alles umsonst gewesen ist, wenn sie ihn zu früh bemerkt.

Jamie nähert sich dem Heck des Schiffes. Das ungute Gefühl hat sie verdrängt, gibt sich wie immer kämpferisch. Auf keinen Fall will sie sich zum Sklaven ihrer Ängste machen. Deshalb setzt sie mit energischem Gang ihren Weg fort.

Plötzlich Schritte. Dicht hinter ihr. Ihr stockt der Atem. Sie hat sich also doch nicht getäuscht. Verdammt. Reflexartig dreht sie sich um. Sie erschrickt, als sie einen jungen Mann mit Kapuzenjacke erblickt. Damit hat sie nicht gerechnet. Wo war er so schnell hergekommen?

„Guten Abend, Madam", grüßt der Phillipino freundlich und lächelt. „Passen Sie auf, dass Sie sich in Ihrer dünnen Sommerjacke nicht erkälten."

„Guten Abend", grüßt Jamie zurück. „Keine Sorge. Ich gehe gleich wieder ins Warme." Sie ist erleichtert. Es ist nicht der Mann vom Rettungsboot. Dafür ist er zu klein und viel zu schmächtig.

Zügig überholt er sie und verschwindet kurz darauf durch eine Tür am Heck ins Innere des Schiffes. Jamie atmet auf. Für einen Augenblick hat sie wirklich geglaubt, jemand wollte sie überfallen.

Der junge Mann folgt dem langen Gang zu seiner Kabine. Niemand begegnet ihm. Er ist zufrieden, denn er hat nicht zu hoffen gewagt, dass sein Vorhaben so reibungslos gelingt. Ob es erfolgreich wird, entscheidet sich morgen.

Kurz darauf kehrt Jamie völlig durchgefroren in ihre Kabine zurück. Sie ist müde, will nur noch ins Bett und schlafen. Sie stellt die Klimaanlage auf die wärmste Stufe und hängt ihre Jacke auf den Haken neben der Badezimmertür. Aus der Jackentasche zieht sie ihr Handy, um noch einmal ihre E-Mails zu checken. Dabei fällt ein zusammengefalteter Zettel zu Boden. Jamie stutzt. Was ist das für ein Blatt? Neugierig hebt sie es auf.

<Ich möchte Ihnen helfen. Kommen Sie morgen um 15.00 Uhr zum Grab von Soapy Smith auf dem Goldrush Cemetery am Ortsrand von Skagway. Sprechen Sie mit keinem darüber. Niemand darf von unserem Treffen erfahren, sonst ist unser beider Leben in Gefahr.>

Das Schreiben trägt keine Unterschrift. Doch es gibt nur eine Person, die die Möglichkeit gehabt hat, ihr heimlich etwas zuzustecken: der philippinische junge Mann von eben. Ein

Besatzungsmitglied. Mit zitternden Händen lässt Jamie den Zettel sinken. Ihr Herz klopft bis zum Hals. Unzählige Fragen quälen sie und ihr Interesse ist geweckt.

Wieso diese Heimlichkeit? Warum hat er sie nicht direkt angesprochen? Und was ist so gefährlich, dass man sie nicht miteinander sehen darf?

Aber auch Zweifel machen sich breit. Ist er tatsächlich ein Freund, der ihr helfen will und etwas über Kims Verschwinden weiß? Oder ist er derjenige, der für Kims Verschwinden verantwortlich ist und will sie in eine Falle locken? Wird er versuchen, sie einzuschüchtern, damit sie nicht weiter nachforscht? Oder will er sie sogar töten?

Um das herauszufinden, wird sie sich morgen auf dem Friedhof mit ihm treffen.

Kapitel 23

15. Mai 2018: Nachrichten auf Jamies Mailbox

10.30 Uhr
<Jamie, hier ist Matt. Ich habe seit Stunden nichts mehr von dir gehört. Ruf mich bitte an.>

11.00 Uhr
<Warum rufst du nicht zurück? Du schaust doch sonst ständig auf dein Handy.>

11.15 Uhr
<Jamie, ich mache mir wirklich Sorgen. Melde dich!>

18.00 Uhr
<Verdammt noch mal, Jamie! Was ist los?>

Kapitel 24

13. Mai 2018, Juneau

„Es hat nicht funktioniert. Sie ist immer noch auf dem Schiff", sagt der ältere der beiden Männer grimmig. Sie stehen nachts allein auf dem Außendeck der Crew und rauchen eine Zigarette.

„Ich weiß", zischt der Jüngere ungehalten. „Dabei haben wir uns wirklich Mühe gegeben und Hannah so zurecht gemacht, dass sie genauso aussah wie diese Kim."

„Offensichtlich war das Täuschungsmanöver nicht gut genug. Sonst wären wir sie los."

„Ich habe schon vorher gehofft, dass sie das Schiff verlassen hätte. Und zwar nachdem die Polizei die Kette gefunden und einen Selbstmord als wahrscheinlichste Ursache für ihr Verschwinden angenommen hat."

Der Ältere lacht bitter. „Wir haben nicht damit gerechnet, dass es sich bei ihr um eine Journalistin handelt. Die lässt sich so leicht nichts vormachen. Durch das misslungene Täuschungsmanöver weiß sie spätestens jetzt, dass es sich um ein Verbrechen handelt. So ein verdammter Mist. Dass hätte alles nicht passieren dürfen."

Der Jüngere drückt seine Zigarette im Aschenbecher aus und zündet sich direkt die nächste an. Das macht er immer, wenn er nervös ist. „Ich weiß", murmelt er grimmig.

„Ich habe übrigens im Internet über sie recherchiert und einige ihrer Artikel gelesen."

„Lass mich raten. Sie kann uns gefährlich werden", mutmaßt der Jüngere und nimmt einen langen Zug von seiner Zigarette. „Glaube mir, die wird uns in Schwierigkeiten bringen. Sie hat schon den einen oder anderen Skandal aufgedeckt. Der letzte ist noch gar nicht so lange her. Da hat sie sich in eine Firma eingeschleust und deren illegale Müllentsorgung aufgedeckt. Und das als Frau. Da kann ich nur meinen Hut ziehen."

Der Jüngere entsorgt seine Zigarette im Aschenbecher und pustet den letzten Rauch in einem Stoß aus. „Ich werde sie im Auge behalten und aufpassen, dass sie nirgendwo herumschnüffelt. Sie wird ab sofort keinen Schritt mehr unbeobachtet machen."

„Das ist zu riskant", wehrt der Ältere ab. „Wenn sie dich bemerkt, wird sie misstrauisch und forscht erst recht nach. Dann wandern wir beide ins Gefängnis. Und das für viele Jahre. Willst du das?"

„Natürlich nicht. Was schlägst du vor?"

„Lass dir was einfallen. Ich verlass mich auf dich."

Kapitel 25

14. Mai 2018, Skagway

< Danke für die Listen Matt. Ich melde mich, wenn ich sie durchgesehen habe. LG J. >

Nachdem Jamie die Nachricht von ihrem Handy gesendet hat, setzt sie sich an ihr Notebook und ruft die Tabellen auf, die Matt ihr vor wenigen Minuten gemailt hat. Er hat sich wieder einmal in das Computersystem der Reederei gehackt und ihr eine Übersicht besorgt, die alle Besatzungsmitglieder beinhaltet, die zu dem Zeitpunkt, als von Kims Konto in Juneau Geld abgehoben wurde, an Land gewesen waren. Da sie noch ein paar Stunden bis zum Treffen auf dem Friedhof Zeit hat, will sie diese sofort durcharbeiten. Suchen will sie nach dem Unbekannten vom Rettungsboot und der Frau vom Geldautomaten. Jamie geht davon aus, dass beide gemeinsame Sache machen. Da klar ist, dass es sich bei ihnen nicht um Passagiere handelt, hat Matt die Liste bereits dahingehend bearbeitet, dass sie nur Crewmitglieder beinhaltet. Jetzt will Jamie Namen für Namen durchgehen, um die Aufstellung weiter einzuschränken.

Bei den Männern schließt sie sämtliche philippinischen Besatzungsmitglieder aus. Diese sind in der Regel zu klein. Der Mann vom Rettungsboot war groß, mindestens ein Meter neunzig. Danach bleiben fünfzehn Männer übrig.

Von den zehn Frauen auf der Liste – allesamt Servicekräfte

und Kabinenstewardessen – kann sie keine ausschließen. Da die Person, die das Geld abgehoben hat, eine Sonnenbrille und eine Perücke getragen hat, kann es jede von ihnen gewesen sein. Ob asiatisch oder nicht. Bleiben also insgesamt fünfundzwanzig Personen, die sie sich aus der Nähe ansehen will.

Unter den Männern sind Kellner, Kabinenstewards, Offiziere, ein Reiseleiter und der Kapitän. Da Matt jeden Namen mit Tätigkeit und Foto verknüpft hat, kann sie sofort drei Kellner und einen Offizier ausschließen. Sie tragen im Gegensatz zu dem Mann vom Rettungsboot einen Bart. Bleiben also noch zwölf Männer.

Eine weitere Aufstellung beinhaltet die Crewmitglieder, die ebenfalls zum Zeitpunkt von Victorias Tod an Bord waren. Beim Abgleich mit den von ihr bereits selektierten Personen, bleiben davon noch fünfzehn übrig.

Sie beginnt mit den Kellnern und Kabinenstewards. Allesamt junge Männer im Alter zwischen zwanzig und dreißig Jahren. Außer Facebook-Einträgen, bei denen sie aus der ganzen Welt Fotos posten, stößt sie auf nichts Außergewöhnliches. Sie mögen Heavy-Metall oder Hardrock, Tattoos und Fußball. Was sollten sie für ein Motiv haben, eine Passagierin umzubringen? Spontan fällt ihr nur Geld ein. Schließlich stehen sie auf einer der untersten Stufen der Gehaltsliste. Aber Geld kann kaum der Grund dafür gewesen sein, Kim verschwinden zu lassen. Ihr ging es zwar finanziell gut, doch sie war nicht vermögend. Im Gegensatz zu den vielen reichen US-Amerikanern an Bord, die ehemalige Ingenieure, Professoren oder Manager sind.

Teuren Schmuck hat Kim nicht getragen. Ihre Kreditkarten liegen in der Kabine im Safe. Das Einzige, was neben der

Kette entwendet wurde, war die Karte für ihr Konto. Kim musste sie bei sich gehabt haben. Doch wenn das Kreditlimit erreicht ist, ist diese Geldquelle erschöpft. Es kommt kein neues Geld mehr hinzu. Wären ein paar hundert Dollar ein Verbrechen wert?

Danach analysiert sie Offiziere, Reiseleiter und Kapitän. Bei ihnen findet sie keine Facebook-Seiten, lediglich Einträge in verschiedenen Karriereportalen. Das bringt sie nicht weiter.

Bei den Frauen verhält es sich ähnlich: Entweder findet sie keine Einträge im Netz oder welche, die sie nicht weiterbringen.

Jamie beschließt, sich alle fünfundzwanzig Personen aus der Nähe anzusehen. Sie will testen, ob sie nervös werden, wenn sie ihr gegenüber stehen. Netterweise hat Matt ebenfalls eine Verknüpfung der Namen mit dem Arbeitsplatz erstellt. Den Anfang macht sie im Ocean Café. Es liegt im mittleren Teil der Starlight Symphony auf Deck 5 und ist das schönste auf dem Schiff. Es befindet sich auf der Backbordseite und hat mehrere kleine Erker, in denen man sitzen kann. Von dort haben die Passagiere einen phantastischen Blick hinaus aufs Meer.

Als sie dort eintrifft, erblickt sie tatsächlich einen Kellner von ihrer Liste. „Hallo", grüßt er sie mit einem freundlichen Lächeln und widmet sich sofort wieder dem Zubereiten eines Latte Macchiatos. Jamie hat Glück. Einer der heiß begehrten Erkerplätze ist frei. Sie setzt sich in einen gemütlichen Sessel mit hoher Lehne und Blick in Fahrtrichtung. Wäre da nicht die Sorge um Kim, wäre das einer ihrer Lieblingsplätze. Sie würde diesen Ausblick jeden Tag bei einer Tasse Tee genießen und vielleicht ein Buch dabei lesen. Es dauert nicht lange, da entdeckt sie mehrere Delfine. Jamie beobachtet fasziniert, wie sie eine Weile neben dem Schiff herschwimmen und dabei immer wieder aus dem Wasser springen.

„Was möchten Sie trinken?", fragt plötzlich eine Stimme neben ihr.

Jamie zuckt zusammen, denn sie war beim Anblick der Delfine in Gedanken versunken gewesen. Sie wendet sich dem Kellner zu.

„Ah, Frau Miller, gibt es etwas Neues von Ihrer Schwester?", fragt der Kellner von ihrer Liste. „Ich habe bei der Suche geholfen", fügt er noch hinzu, so, als wolle er sich für die Frage entschuldigen.

„Nein. Leider nicht. Es gibt kein Lebenszeichen von ihr."

„Das tut mir sehr leid. Ich weiß, wie sie sich fühlen. Mein Bruder ist vor zwei Jahren zu Hause in Brasilien mit einem Flugzeug abgestürzt. Es dauerte Tage, bis man das Wrack mit seiner Leiche gefunden hat. Wir haben bis zum Schluss gehofft, dass er überlebt hat. Er war erst dreißig Jahre alt und hat zwei kleine Kinder gehabt. Und jetzt schicke ich meiner Schwägerin jeden Monat Geld, um sie zu unterstützen."

„Das ist schlimm."

„Entschuldigen Sie. Ich wollte damit nicht sagen, dass Ihre Schwester tot ist. Ich hoffe, dass sie gesund wieder auftaucht."

„Schon gut, ich verstehe. Danke. Ich nehme einen schwarzen Tee", entgegnet Jamie.

„Gerne", sagt der Kellner und verschwindet wieder hinter seinem Tresen.

Jamie blickt ihm nachdenklich hinterher. Er hat nichts mit Kims Verschwinden zu tun, da ist sie sich sicher. Sein Blick war offen und ehrlich, als er mit ihr gesprochen hat.

Ihr nächstes Ziel ist die Pizzeria. Dort sind mehrere Kellner im Einsatz. Jamie sucht sich einen freien Platz und schaut sich aufmerksam um. Es dauert nicht lange, da entdeckt sie zwei Männer von ihrer Liste. Beide scheinen Europäer zu sein und beide verhalten sich unauffällig. Einer nimmt ihre Bestellung auf, der andere räumt den Tisch neben ihr ab. Sie nehmen keine besondere Notiz von ihr. Doch was erwartet sie eigentlich? Dass der Täter nervös wird und die Räumlichkeit fluchtartig verlässt, um ihr zu entkommen?

Auch diese Kellner streicht sie von der Liste.

Schwieriger wird es, die Kabinenstewards und –stewardessen ausfindig zu machen. Jamie benötigt rund zwei Stunden, bis sie sämtliche Kabinengänge durchkämmt und alle gefunden hat. Doch auch sie sind in keiner Weise unangenehm berührt, als sie Jamie begegnen. Sie grüßen freundlich und verschwinden geschäftig wieder in den Passagierkabinen.

Offiziere und Kapitän kannte sie teilweise persönlich von der Suche nach Kim. Zudem hingen an einer Wand neben der Rezeption Fotos sämtlicher Offiziere und der Kapitäne. Auch sie scheiden Jamies Ansicht nach aus. Die Liste bringt sie also nicht weiter.

Kapitel 26

Mit seinem Werkzeugkoffer in der Hand folgt Johnny dem Kollegen, der ihn für eine Reparatur angefordert hat. Wohin sie gehen, hat er ihm bisher nicht verraten. Nur angewiesen, ihm zu folgen. Der Reparaturauftrag war kurzfristig reingekommen und ist dringend. So etwas passiert häufiger. Nachfragen will Johnny nicht. Der Kollege mit den kurzgeschorenen, schwarzen Haaren ist dafür bekannt, ein schwieriger Charakter zu sein. Und Ärger ist das Letzte, was er im Augenblick gebrauchen kann.

Minutenlang stolpert Johnny im Laufschritt hinter ihm her. Quer durch die langen Gänge tief unten im Bauch des Schiffes. Dort, wo Passagiere keinen Zutritt haben. Er schaut ungeduldig auf die Uhr. Hoffentlich ist es keine aufwändige Reparatur, denn in einer halben Stunde hat er für drei Stunden frei. Dann will er an Land gehen und sich mit ihr treffen. Endlich. Sie ist seine einzige Chance, heil aus der Geschichte herauszukommen. Sie wird die nötigen Maßnahmen ergreifen, ohne ihn ins Spiel zu bringen.

Kurz darauf betritt der Kollege den Maschinenraum. Johnny folgt ihm und schließt die Tür hinter sich. Vorbei an den großen Maschinen gelangen sie zu einer steilen Treppe, die auf die untere Ebene führt. Dort bleibt der Kollege stehen.

„Die oberste Stange ist locker. Sie muss dringend repariert werden, bevor jemandem etwas passiert", erklärt er und deutet auf das Geländer am Podest der Treppe.

Johnny stellt seinen Werkzeugkoffer auf den Boden und rüttelt an der besagten Stange. Sie bewegt sich keinen Millimeter. Er greift nach der im Abschnitt daneben. Auch diese bewegt sich nicht. Was soll also dieser Reparaturauftrag?

„Hier ist alles in Ordnung", sagt Johnny schließlich und richtete sich auf.

„Es ist gar nichts in Ordnung", entgegnet der Kollege und sieht den Handwerker mit seinen stahlblauen Augen drohend an.

Johnny läuft ein eiskalter Schauer über den Rücken. Dieser Blick macht ihm Angst. „Ich versteh nicht. Was meinen Sie?"

„Das kann ich dir erklären. Ich habe ein Problem mit Verrätern. Die kann ich nicht ausstehen."

Johnnys Augen weiten sich vor Entsetzen. Dieser Grobian ist also der Komplize. Damit hätte er nicht gerechnet. Er sitzt in der Falle. Er steht mit dem Rücken zur Treppe, der kräftige, großgewachsene Mann direkt vor ihm. Und sie sind allein. Unwillkürlich umfasst Johnny mit der linken Hand das Geländer. So fest, dass die Handknochen weiß hervortreten. Woher weiß der Kollege, dass er sich mit der Schwester der vermissten Passagierin treffen will?

Johnny muss weg. Weg aus dem Maschinenraum, wo ihm niemand helfen kann. Weg von diesem Irren, bevor der ihm etwas antut. An ihm vorbeizukommen hat er keine Chance. Im Geiste geht Johnny den Fluchtweg durch. Er muss die Treppe hinunter, quer durch den Maschinenraum laufen, am Ende des Ganges die Treppe wieder nach oben nehmen und durch die andere Tür hinaus. Dann wäre er in Sicherheit, denn dort befindet sich der Hauptgang des Crewbereichs. Doch bevor er seinen Plan in die Tat umsetzen kann, greift ihn der Kollege brutal am Kragen seines Overalls.

„Wer weiß noch von dem Treffen?", zischt er wütend.

„Keiner! Nur ich", stottert Johnny angstvoll.

„Ist das wahr?", brüllt ihn der Kollege an. Dann holt er mit der Rechten aus und schlägt den Handwerker mit der Faust ins Gesicht.

Johnny schreit auf. Blut läuft aus seiner Nase. Er taumelt zurück, droht die Treppe hinunterzustürzen. Doch der Kollege hält ihn an seinem Overall fest. „Wir haben dich gewarnt. Trotzdem wolltest du die Frau treffen. Wir können dir nicht mehr trauen."

„Ich hab keinem von dem Treffen erzählt. Ich schwör!"

„Was weiß die Journalistin?"

Johnny zittert vor Angst. „Nichts."

Wütend lässt der kräftige Mann den Kragen los, legt beide Hände um Johnnys Hals und drückt zu. „Was weiß sie?", brüllt er ihn ungehalten an.

Johnny schnappt nach Luft. Versucht verzweifelt die kräftigen Hände des Kollegen zu lösen. Doch es gelingt ihm nicht. Er spürt, dass ihm die Sinne schwinden. Er hat Todesangst. „Gar nichts", röchelt er, als der Verbrecher endlich den Griff löst.

„Na gut", entgegnet dieser, lässt von dem Handwerker ab und tritt einen Schritt zurück. „Aber du bist ein Risiko. Ich kann nicht zulassen, dass du wieder Kontakt zu ihr aufnimmst oder vielleicht doch die Polizei informierst."

„Ich will meine Familie wiedersehen. Ich sag nichts", beteuert Johnny und legt seine Hand auf die Brusttasche seines Overalls. Dort bewahrt er das Foto seiner Frau und den Kindern auf.

Der Kollege lacht verächtlich und versetzt dem Handwerker

einen Stoß gegen die Brust.

Johnny schwankt, rudert mit beiden Armen. Einen Sturz auf dieser steilen Treppe würde er nicht überleben. Verzweifelt versucht er das Gleichgewicht zu halten. Versucht, das rettende Geländer zu erreichen. Dann, in letzter Sekunde, bekommt er es zu fassen. Mühsam rappelt er sich auf, will seinen Stand festigen. Doch der Kollege tritt einen Schritt auf ihn zu, versetzt ihm erneut einen Stoß vor die Brust. Gleichzeitig schlägt er eine Zange mit voller Wucht auf die Hand, mit der sich Johnny am Geländer festhält.

Johnny schreit vor Schmerz auf, lässt unwillkürlich los. Rückwärts fällt er die steile Treppe hinunter. Stufe für Stufe schlägt er auf: mit dem Kopf, den Schultern, den Hüften, verdreht sich dabei das rechte Knie. Jede Faser seines Körpers schmerzt. Ein Gefühl, als ob jeder Knochen einzeln brechen würde. Trotz der Schmerzen versucht er verzweifelt das Geländer zu ergreifen, um den Fall zu bremsen. Vergeblich.

Nachdem einem unendlich lang erscheinenden Sturz schlägt er hart auf dem Boden des Maschinenraumes auf. Mit seltsam verdrehtem Körper bleibt er regungslos liegen.

Kapitel 27

Bereits eine halbe Stunde vor der verabredeten Zeit erreicht Jamie den Gold Rush Cemetery am Ortsrand von Skagway. Obwohl an diesem Tag drei riesige Kreuzfahrtschiffe im Hafen liegen, halten sich kaum Leute hier auf. Der größte Teil der Passagiere fährt zum White Pass, mit der Eisenbahn oder sieht sich die restaurierten Fassaden der historischen Gebäude der Stadt an. Vor dem Friedhof parkt ein altertümliches gelbes Fahrzeug, mit dem Touristen zu den Sehenswürdigkeiten in und außerhalb der Stadt gebracht werden.

Jamie betritt das Friedhofsgelände und schaut sich um. Weit und breit kann sie keinen philippinischen jungen Mann entdecken. Allerdings ist sie viel zu früh dran. Deshalb schlendert sie langsam entlang der Gräber und hält nach dem von Soapy Smith, einem gefürchteten Trickbetrüger und Banditen, der hier 1898 erschossen wurde, Ausschau. Als sie es entdeckt, verharrt sie.

Während sie auf ihren Informanten wartet, behält sie die anderen Besucher stets im Auge. Sie mustert jeden einzelnen von ihnen. Verhält sich jemand auffällig? Wird sie von einem der Touristen beobachtet? Verharrt jemand länger am Grab von Soapy Smith? Das philippinische Crewmitglied könnte schließlich nur der Überbringer der Nachricht gewesen sein. Doch ihr fällt nichts Außergewöhnliches auf und niemand spricht sie an. Sie hat Matt heute Morgen kurz über dieses Treffen informiert, als sie ihm mitgeteilt hat, dass seine Listen ihr nicht weiterhelfen würden. Wie immer hat er sie zur Vorsicht gemahnt, da der Zettel von dem Verbrecher stammen könnte. Doch Angst hat sie keine. Sie ist schließlich nicht allein auf dem Friedhof.

Nach einiger Zeit schaut sie auf ihr Handy. Mittlerweile ist es 15.00 Uhr. Vielleicht ist dem Besatzungsmitglied etwas dazwischen gekommen und es konnte das Schiff nicht pünktlich verlassen. Möglicherweise muss die Person einen Auftrag erledigen, den sie kurzfristig erteilt bekommen hat, und hat keine Möglichkeit, ihr Bescheid zu geben. Jamie beschließt zu warten. Fünf Minuten, zehn Minuten, fünfzehn Minuten. Niemand beachtet sie, niemand spricht sie an.

Nach einer halben Stunde bezweifelt sie, dass ihr Informant noch kommt. Trotzdem wartet sie bis 16.00 Uhr. Dann tritt sie enttäuscht den Rückweg an. Hoffentlich wird er ihr eine neue Nachricht zukommen lassen.

Durch die überfüllten Straßen Skagways geht Jamie zum Hafen. Menschenmassen schieben sich auf den hölzernen Gehwegen an den wunderschön restaurierten Häuserfassaden vorbei. Die Kreuzfahrtpassagiere bevölkern die zahlreichen Souveniergeschäfte und lassen sich bei den Juwelieren funkelnde Ringe und Colliers zeigen. Viele Touristen warten auf die Abfahrt des Zuges zum White Pass, andere betreten den Saloon und wiederum andere nehmen an Führungen der Frauen in historischen Kostümen teil. Überall in der Stadt fühlt man sich in die Zeit des Goldrausches zurückversetzt. Doch für all das hat Jamie keinen Blick. Sie macht sich vielmehr Gedanken darüber, welche Informationen ihr der Mann geben wollte.

Als sie sich der Pier nähert, erblickt sie schon von weitem den

Krankenwagen, der vor der Gangway der Starlight Symphony parkt. Die hinteren Türen des Fahrzeugs sind geöffnet. Jamie geht unwillkürlich schneller. Was ist auf dem Schiff passiert? Welchen medizinischen Notfall gab es? Einen Unfall? Oder einen Herzinfarkt?

Kurz vor Erreichen der Gangway werden Jamie und einige andere Passagiere, die ebenfalls auf das Schiff zurückkehren wollen, gebeten zu warten. Sanitäter bringen jemanden auf einer Trage heraus. Als sie schließlich an Jamie vorbeigehen, kann sie einen Blick auf die Person erhaschen. Sie erschrickt. Der Mann auf der Trage ist das philippinische Crewmitglied, auf das sie vergeblich gewartet hat.

Sein Gesicht ist fürchterlich zugerichtet. Es weist zahlreiche Hämatome auf, das rechte Auge ist zugeschwollen und über der linken Augenbraue klebt ein großes Pflaster. Aus seiner Nase war Blut gequollen und über Kinn und Hals auf seinen Overall gelaufen. Die Sanitäter haben ihm eine Halskrause angelegt und eine Luftpolsterschiene um das rechte Bein befestigt. Ein Kollege des Crewmitglieds folgt ihnen mit einer Reisetasche in der Hand.

Als der Verletzte Jamie erkennt, streckt er mühsam und unter Stöhnen seine Hand nach ihr aus. Es scheint, als habe er große Schmerzen. Jamie tritt näher an die Trage heran und beugt sich zu ihm hinunter. Der Schwerverletzte raunt ihr etwas Undeutliches zu. „Ich kann Sie nicht verstehen! Was haben Sie gesagt?", fragt sie nach.

Doch der junge Mann verdreht die Augen und wird ohnmächtig.

„Gehen Sie bitte zur Seite", sagt einer der Sanitäter und Jamie befolgt seine Anweisung.

Zügig wird der Verletzte in den Krankenwagen geschoben und der Kollege reicht einem der Sanitäter die Tasche. Dann werden die Türen geschlossen und der Krankenwagen verlässt mit Blaulicht die Pier.

Als der Kollege zurück aufs Schiff gehen will, hält Jamie ihn auf. „Entschuldigung. Was ist mit ihm passiert?"

Der junge Mann, ebenfalls philippinischer Abstammung, sieht Jamie aufmerksam an. Es scheint als überlege er, ob er ihre Frage beantworten soll. „Er ist eine Treppe hinuntergefallen. Im Maschinenraum, wo er eigentlich gar nichts zu suchen hat."

Kapitel 28

Wieder steht Jamie an der Reling und blickt aufs Meer. Wieder genau an der Stelle, wo Kim angeblich von Bord gesprungen sein soll.

Es ist kurz nach 22.00 Uhr. Sie ist allein an Deck. Das Brummen der Schiffsmotoren und das Rauschen des Meeres tief unter ihr schlucken sämtliche Geräusche um sie herum. Das Meer wirkt dunkel und undurchdringlich. Sie bekommt eine Gänsehaut bei dem Gedanken daran, dort hinein zu stürzen. Überlebt man den Sturz von einem der oberen Decks eines solchen Kreuzfahrtriesen, ohne dass jemand es bemerkt, sieht man im Wasser treibend das Schiff unaufhaltsam davon fahren. Die Lichter der schwimmenden Stadt werden kleiner und kleiner, bis sie irgendwann ganz in der Dunkelheit verschwunden sind. Es folgt der Todeskampf: der Kampf gegen Kälte, Müdigkeit, Ausweglosigkeit. Man realisiert, dass keine Rettung kommen wird. Dann lässt die Kraft nach, die Sinne schwinden und man kann nichts mehr tun. Das Land ist zu weit weg.

Würde man als geübter Schwimmer mit sehr guter körperlicher Verfassung und viel Glück dennoch Land erreichen, lauert am Ufer unter Umständen die nächste Gefahr: Überall in den Wäldern Alaskas treiben sich Schwarz- oder Braunbären herum, die auf Nahrungssuche sind.

Jamie schaudert und verdrängt den Gedanken daran, dass das Kim widerfahren sein könnte.

Vielleicht stehe ich jetzt selbst unter Beobachtung und jeder meiner Schritte wird überwacht. Doch nein, mir wird nichts geschehen. Der oder die Täter können sich einen zweiten Vermisstenfall während einer siebentägigen Kreuzfahrt nicht erlauben. Das würde für zu viel Wirbel sorgen und jeder Übergriff birgt das Risiko, entdeckt zu werden.

Plötzlich legt ihr jemand von hinten die Hand auf den Mund. Jamie bleibt vor Schreck die Luft weg. Sekundenlang ist ihr Körper vor Angst wie gelähmt. Sie ist unfähig, sich zu bewegen. Doch dann wehrt sie sich heftig. Die Angst macht sie stark. Sie schlägt mit beiden Armen um sich, versucht die Hand von ihrem Mund zu lösen und ihrem Angreifer in die Augen zu stechen. Alles ohne Erfolg. Mit seinem linken Arm presst er ihre Arme gegen die Brust, hält sie fest umklammert. Daraufhin tritt Jamie ihm kräftig gegen das rechte Schienbein. Ohne Wirkung. Ihr Gegner drückt sie brutal gegen die Reling. Der Handlauf bohrt sich in ihren Magen. Die Schmerzen sind unerträglich. Ihr wird übel, sie schnappt nach Luft. Sie hat keine Chance, sich aus dieser Lage zu befreien. Er will mich über Bord werfen, schießt es ihr durch den Kopf. Verzweifelt klammert sich Jamie am Handlauf fest. Und tatsächlich, er greift ihr linkes Hosenbein und versucht sie über die Reling zu werfen. Doch stärker als der körperliche Schmerz ist ihr Überlebenswille. In dem Augenblick, in dem er versucht ihr Bein über die Reling zu heben, rammt sie den linken Ellenbogen mit voller Wucht gegen seinen Kopf. Ein kurzer Aufschrei, er taumelt zurück, fällt zu Boden. Sie ringt nach Luft, ist unfähig um Hilfe zu rufen. Sie versucht zu fliehen, doch er erwischt ihr linkes Fußgelenk. Der Länge nach schlägt sie auf dem harten Boden auf. Sie verdrängt den Schmerz, rappelt sich auf.

Mühsam hält sie sich auf wackeligen Beinen. Wieder wehrt sie sich heftig, schlägt wie von Sinnen mit den Fäusten auf den maskierten Mann ein. Doch er ist schnell wieder auf den Beinen, wehrt ihre Schläge mit beiden Armen ab, tritt ihr in den Unterbauch. Jamie schreit auf und sackt zusammen. Erst auf die Knie, dann kopfüber nach vorne. Die Beine angewinkelt bleibt sie mit schmerzverzerrtem Gesicht auf der linken Seite liegen. *Verdammt, warum kommt niemand an Deck und hilft mir?*

Unvermittelt reißt der Mann ihren Oberkörper an den Haaren hoch. Sie spürt seinen Kopf dicht neben ihrem.

„Jetzt hör mir gut zu. Das war nur eine Warnung. Wag es nicht, weiter herumzuschnüffeln. Sonst mache ich ernst und du verschwindest auf Nimmerwiedersehen in der Tiefe des Ozeans", hört sie ihn nah an ihrem Ohr sagen. Dann schlägt er ihren Kopf auf den Boden und verschwindet im Inneren des Schiffes.

Keuchend und am Ende ihrer Kräfte bleibt Jamie auf dem kalten Boden liegen. Der Wind weht durch ihre Haare, sie friert erbärmlich. Doch schlimmer als die Kälte sind die Schmerzen im Unterleib und der Magengegend. Sie muss sich erst einmal sammeln, bevor sie versucht sich aufzurichten.

Aber eins ist sicher: Von dieser Drohung lässt sie sich nicht abschrecken. Sie wird ihr Ziel jetzt erst recht weiter verfolgen. Nach einigen Minuten rappelt sie sich mühsam auf. Jeder Schritt, jede Bewegung schmerzt. Wie ferngesteuert geht sie zurück in ihre Kabine. Sie muss liegen, damit sich ihr geschundener Köper erholen kann.

Ihre rechte Hand hat sie eisern zur Faust geballt. So stark, dass sie schmerzt, um das festzuhalten, was sie auf keinen Fall mehr verlieren will.

Kapitel 29

„Sag mal bist du wahnsinnig? Was hast du dir dabei gedacht?", brüllt der Mann den jüngeren Kollegen an.
„Was ich mir dabei gedacht habe? Ich musste Johnny irgendwie zum Schweigen bringen. Er hätte dieser Schnüfflerin die
Wahrheit gesagt!", schnauzt dieser zurück. Er hasst es, dass er
die Drecksarbeit machen muss und dafür auch noch ständig
einen Anschiss bekommt. Sein älterer Kollege hingegen ist
immer fein raus und kümmert sich nur um die angenehmeren
Dinge.
„Eine Vermisste und ein Schwerverletzter auf einer Reise, das
ist zu viel. Es werden verdammt viele Fragen aufkommen."
„Ich weiß. Aber was hätte ich denn deiner Meinung nach machen sollen? Riskieren, dass alles auffliegt? Dann wandern wir
beide in den Knast und das für sehr lange Zeit. So müssen wir
nur glaubhaft machen, dass diese Kim sich umgebracht hat.
Johnny ist die Treppe hinunter gestürzt. Dafür kann schließlich keiner was."
„Bullshit. Dann hättest du die Sache mit Johnny wenigstens
ordentlich erledigen sollen. Der wird doch, wenn es ihm besser geht, sagen, was er weiß."
„Das wird er nicht. Der ist derart eingeschüchtert, dass er von
selbst sagen wird, dass er die Treppe runtergefallen ist. Der
hat kapiert, dass es mir verdammt ernst ist. Außerdem hat er
viel zu viel Angst um seine Familie. Glaube mir."
Der Ältere ist immer noch wütend. „Und was macht unser

anderes Problem: Die Journalistin? Die ist auch noch an Bord und schnüffelt herum!"

„Die wird nicht mehr wagen rumzuschnüffeln", erklärt der Jüngere stolz.

„Was hast du getan?"

„Nun ja. Ich habe ihr deutlich demonstriert, was mit ihr passieren wird, wenn sie keine Ruhe gibt. Sie weiß, dass sie dann über Bord geht. Eine Kostprobe, wie das ablaufen wird, habe ich ihr schon gegeben. Ihre Knochen werden ihr noch lange wehtun."

Der Ältere schnaubt. „Ich hoffe für dich, dass du recht behältst."

Kapitel 30

Als sich Jamie von dem Überfall ein wenig erholt hat, greift sie zum Handy und wählt Peters Nummer. Er ist ebenfalls Journalist. Vor vielen Jahren haben sie zusammen bei der gleichen Zeitung gearbeitet. Im Gegensatz zu ihr war er dann auf Reisejournalismus umgeschwenkt und reist jetzt in die entlegensten Winkel der Welt. Ihr ist bekannt, dass er sich zurzeit für eine Reportage in Gustavus aufhält. Das liegt – für alaskanische Verhältnisse – nicht weit von ihrer derzeitigen Position entfernt. Da kann er ihr auch gleich einen Gefallen tun.

Anschließend ruft sie Sam an.

„Samantha Moore", meldet sich ihre Schulfreundin ziemlich verschlafen am anderen Ende der Leitung. Immerhin ist es mittlerweile in den frühen Morgenstunden.

Sam arbeitet in der Rechtsmedizin und hat ihr schon öfter bei Recherchen geholfen. Das war zwar nicht immer ganz legal gewesen, doch es diente stets der guten Sache. Natürlich hält sie auch diesen Kontakt streng geheim.

„Hallo Sam, ich bin´s, Jamie. Ich brauche dringend deine Hilfe."

„Das hätte ich mir denken können, dass nur du das sein kannst, die zu solchen Uhrzeiten anruft. Was ist passiert? Du hörst dich so bedrückt an", fragt Sam.

„Ich bin auf einer Kreuzfahrt in Alaska. Kim war auch dabei. Sie ist in der ersten Nacht spurlos verschwunden. Ich weiß nicht, ob sie noch lebt", erklärt Jamie knapp.

„Wie bitte? Kim ist verschwunden?", fragt Sam entsetzt. Jetzt ist sie hellwach.

„Ja. Und fest steht, dass jemand von der Besatzung etwas damit zu tun hat. Ich erzähle dir das später ausführlich. Pass auf: Vor ein paar Stunden bin ich von einem Mann überfallen worden. Er hat versucht, mich über Bord zu werfen und mir gedroht, dass er mich töten wird, falls ich weiter an Bord herumschnüffele …"

„Hast du den Kapitän und die Polizei verständigt?", unterbricht Sam erschrocken.

„Nein. Ich will den Fall selbst aufklären."

„Dass du leichtsinnig bist, war mir ja schon bekannt. Dass du aber inzwischen auch noch verrückt geworden bist, hätte ich nicht gedacht. Du weißt nicht, mit welchen Leuten du es zu tun hast. Du musst sofort den Kapitän informieren."

„Es wird schon gut gehen. Du weißt, dass die Undercover-Einsätze für meine Reportagen auch nicht immer ungefährlich waren. Dieser Übergriff bestätigt mir allerdings, dass diese Person etwas mit Kims Verschwinden zu tun hat. Während unseres Kampfes konnte ich ihm einige Haare ausreißen. Ein befreundeter Reisejournalist hält sich zufällig gerade in der Nähe unseres Schiffes auf. Er ist mit einem Boot gekommen und ich habe ein Päckchen mit der Haarprobe über Bord geworfen. Das schickt er in ein paar Stunden mit dem Wasserflugzeug nach Skagway. Von dort wird es über Juneau nach Vancouver gebracht. Du müsstest es am frühen Nachmittag haben. Kannst du dann sofort eine DNA-Analyse vornehmen und prüfen, ob er bereits polizeilich in Erscheinung getreten ist?"

„Irgendwann lande ich wegen dir im Gefängnis. Wenn mein

Chef das herausbekommt, bin ich geliefert", seufzt Sam wie jedes Mal, wenn Jamie mit einer Bitte an sie herantritt. „Aber natürlich helfe ich dir."

„Danke, Sam. Du hast was gut bei mir."

„Schon okay. Sobald ich die Haarprobe habe, kümmere ich mich darum. Wenn ich etwas rausgefunden habe, melde ich mich sofort."

Kapitel 31

<Woot fi, moot fie, wofi>. Immer wieder spricht Jamie diese Worte vor sich hin. Doch sie ergeben keinen Sinn. So oft sie sie auch wiederholt, sie kann sich keinen Reim darauf machen, was sie zu bedeuten haben.

Es sind die Worte des verletzten philippinischen Besatzungsmitgliedes. Er hat sie ihr zugeraunt, als sie zu ihm an die Trage getreten war. Doch sie waren so undeutlich gewesen, dass sie sie nicht verstehen konnte. Verflixt! Es muss wichtig gewesen sein, was er ihr mitteilen wollte. Sonst hätte er nicht mit letzter Kraft seine Hand nach ihr ausgestreckt, um sie heranzuwinken.

Nachdenklich läuft sie in ihrer Kabine auf und ab. <Woo fie>. Es waren nur zwei Worte, die er gesagt hat. Zwei Worte, von denen er dachte, dass sie ohne weitere Erklärungen etwas damit anfangen könne. Wenn sie sie verstanden hätte, wäre es unter Umständen auch der Fall gewesen. Doch der Verletzte war so geschwächt, dass er nicht mehr deutlich sprechen konnte und ohnmächtig wurde.

Zu dumm. Die Tatsache, dass sie eine wichtige Information nicht entschlüsseln kann, macht sie rasend. Nach wie vor geht sie zwischen Bett und Tür auf und ab. Dann stutzt sie. Ihr fällt gerade wieder ein, was ihr der philippinische Kollege des Verunfallten gesagt hat: Er wurde an einem Ort gefunden, an dem er normalerweise nichts zu suchen hat. Ein fürchterlicher Gedanke schießt Jamie durch den Kopf. War sein Sturz vielleicht gar kein Unfall gewesen? Hat ihn jemand zum Schweigen bringen wollen? Jemand, der für Kims Verschwinden verantwortlich ist und den das philippinische Crewmitglied zufällig enttarnt hat? Vermutlich weiß er, was Kim zugestoßen ist und wollte ihr den Namen des Täters nennen. Ihm war bekannt, dass er in Gefahr war und wollte sich deshalb heimlich mit ihr treffen. Aber was sollte <Woo fi> für ein Name sein? Ihr fällt kein Vorname ein, der wie <Woot> oder <Moot> oder so ähnlich klingt. Vielleicht ist es indonesisch oder philippinisch.

Doch dann durchzuckt es sie wie ein Blitz. Natürlich! Warum war sie nicht früher darauf gekommen? Sie weiß, was diese Worte zu bedeuten haben. Was er ihr mitteilen wollte, war kein Name. Es war ein Ort.

Kapitel 32

Jamie wartet bis 3.00 Uhr. Erst dann fühlt sie sich sicher. Vorsichtig öffnet sie die Kabinentür, schaut links und rechts den Gang entlang. Alles ist ruhig. Sie zieht die Kapuze ihres Anoraks über und folgt dem Gang nach rechts. Nach ein paar Metern biegt sie links ab und geht die Treppen hoch auf Deck 5. Niemand begegnet ihr.

Äußerlich ist von dem Überfall bis auf eine blaue Schläfe nichts zu sehen. Doch der Rest ihres Körpers schmerzt bei jedem Tritt auf die nächste Stufe. Die Wirkung der Schmerztabletten, die sie nach der Rückkehr auf ihre Kabine genommen hat, lässt langsam nach. Umkehren will sie nicht. Stattdessen beißt sie die Zähne zusammen.

Obwohl sie weiß, dass der Bereich nur von einer Kamera überwacht wird, die sie im Rücken hat, klopft ihr Herz bis zum Hals, als sie die Tür zum Außenbereich öffnet. Jamie ist aufgeregt. „Boot 4" hat das philippinische Crewmitglied ihr zugeraunt. Das ist der Ort, an dem Kim zuletzt lebend gesehen wurde.

Was hat es mit dem Rettungsboot auf sich? Würde sie dort Erklärungen finden? Einen Hinweis auf das, was Kim zugestoßen ist? Bald würde sie es wissen.

Hoffentlich kommt kein anderer Passagier oder ein Besatzungsmitglied um diese Uhrzeit hierher. Langsam, Schritt für Schritt, geht sie Richtung Boot. Je näher sie kommt, umso nervöser wird sie. Obwohl es ihr unter den Fingernägeln brennt, das Rätsel zu lösen, stellt sie sich zuerst an die Reling und blickt einige Minuten aufs Meer. Nur um nicht den Verdacht zu erwecken, dass sie gezielt etwas im Rettungsboot sucht.

Dann begibt sie sich in die Nische neben Boot 4. Genau an die Stelle, wo der unbekannte Mann stand, als Kim mit ihm gesprochen hat. Dort atmet sie tief durch. Auf der Überwachungskamera wird nicht aufgezeichnet, was sie hier macht. Lediglich ihre Beine sind zu erkennen. Ein letztes Mal blickt sie sich um. Sie ist allein.

Dann betrachtet sie das Rettungsboot. Hier, am hinteren Teil, befindet sich eine kleine Luke. Jamie entriegelt sie vorsichtig und öffnet sie.

Was sie dann entdeckt, hätte sie niemals erwartet. Ein eiskalter Schauer läuft ihr den Rücken hinunter. Fassungslos starrt Jamie auf die Kartons. Sie befindet sich auf einem Kreuzfahrtschiff der Luxusklasse. Das macht ihre Entdeckung noch unvorstellbarer! Doch jetzt ahnt sie, was ihrer Schwester zugestoßen ist: Kim hat in der Nacht einen Drogendealer überrascht.

Jamie nimmt ein kleines Tütchen heraus und öffnet es. Aus ihrer Erfahrung als Journalistin, die selbst im Drogenmilieu Undercover recherchiert hat, weiß sie, dass es sich um Kokain handelt.

Ihr stockt der Atem. Hier liegen Drogen im Wert von mehreren 100.000 Dollar.

Kapitel 33

„Matt. Ich weiß, was hier gespielt wird", flüstert Jamie aufgeregt ins Telefon, als sie wieder in die Kabine zurückgekehrt ist.

„Was wird gespielt? Wo?", nuschelt ein völlig verschlafener Matt.

„Ich weiß den Grund für Kims Verschwinden!", zischt sie leise.

Plötzlich ist Matt hellwach. „Und? Was ist passiert?"

„Ich habe Kokain in Rettungsboot 4 gefunden. Kim muss den Dealer auf frischer Tat ertappt haben! Gestern Nachmittag hat mir ein schwerverletztes Crewmitglied einen Hinweis auf das Boot gegeben. Es war derjenige, der sich mit mir treffen wollte, aber zur vereinbarten Zeit nicht erschienen ist. Ich bin sicher, jemand hat versucht ihn umzubringen, weil er mir helfen wollte. Er gehört auf keinen Fall zu den Verbrechern. Den armen Kerl haben sie nach Juneau ins Krankenhaus geflogen."

„Das ist unglaublich, aber ganz schön raffiniert. Das Schiff war doch in der Wintersaison in Kolumbien und Mexico. Dort könnten es der oder die Dealer an Bord geschmuggelt haben. Und dann verkaufen sie es in den folgenden Häfen. Wahrscheinlich ist es ein ziemlich lukratives Geschäft. So ein Schiff ist der ideale Umschlagsplatz! Du bist ständig in anderen Häfen und es gibt keine Polizei. Fragt sich nur, wie sie es an Bord gebracht haben."

„Wenn Kim diesen Verbrechern in die Hände gefallen ist, wer

weiß, was sie mit ihr gemacht haben. Ich glaube inzwischen nicht mehr, dass sie irgendwo auf dem Schiff festgehalten wird. Vermutlich haben sie sie direkt über Bord geworfen", sagt Jamie niedergeschlagen. Zum ersten Mal geht sie davon aus, dass ihre Schwester tatsächlich tot ist. Tränen laufen ihre Wangen hinunter. Warum ist sie nicht da gewesen, als Kim sie brauchte?

„Jamie, es tut mir so leid. Soll ich dich in Seward abholen?"

„Nein, nein. Das brauchst du nicht. Ich schaffe das schon allein." Sie atmet tief durch.

„Jamie, es ist jetzt wirklich der Zeitpunkt gekommen, den Staff-Kapitän einzuschalten, damit er die Polizei verständigt. Du hast ihn auch noch nicht über die Geldabhebung informiert", sagt Matt eindringlich. „Die Situation kannst du nicht allein bewältigen. Das sind Verbrecher."

Jamie seufzt. Bisher hat sie auch weder dem Staff-Kapitän noch Matt von dem Überfall erzählt. „Ich weiß. Morgen früh werde ich den Staff-Kapitän informieren. Ich habe aus dem Boot ein Tütchen Kokain mitgenommen, damit ich es beweisen kann."

„Bist du wahnsinnig? Wenn das die Dealer bemerken und dich damit in Verbindung bringen, bist du geliefert! Du musst sofort dem Staff-Kapitän das Versteck zeigen, bevor jemand das Kokain entfernen kann! Und dann sollen sie für deine Sicherheit sorgen!"

„Matt, ich bin müde. Ich kann jetzt nicht. Ich will mich einfach nur hinlegen und schlafen", entgegnet Jamie. Sie ist physisch und psychisch am Ende.

„Jamie, reiß dich zusammen. Du bist in Lebensgefahr. Geh und rede mit dem Staff-Kapitän. Sofort!"

Stille.

„Jamie! Verdammt! Tu, was ich dir sage!", schimpft er.

So böse hat sie Matt noch nie erlebt. Aber wahrscheinlich hat er recht.

„Schon gut. Ich werde ihn informieren."

„Und dann sagst du mir Bescheid, was unternommen wird. Verstanden?"

„Ja."

„Okay. Bis später und pass auf dich auf."

Nach Matts Reaktion ist sie froh, dass sie ihm nichts von dem Überfall erzählt hat. Er wäre nur noch wütender geworden.

Als Matt das Gespräch beendet, schüttelt er den Kopf. Er macht sich große Vorwürfe. Warum hat er Jamie in dieser Situation allein gelassen? Seit über zehn Jahren lebt er in permanenter Sorge um sie. Ständig ist sie auf der Suche nach einem neuen Missstand und bringt sich in Gefahr, wenn sie Undercover recherchiert. Anstatt ihr als Freund von diesen Aktionen abzuraten, hat er sie immer unterstützt und oft auf illegale Weise Informationen beschafft und Zugangspässe für Firmen erstellt. Doch das ist jetzt vorbei. Er wird sie nicht mehr darin bestärken, sich in Lebensgefahr zu bringen.

Es ist 3.30 Uhr, als Jamie zur Rezeption geht.

„Ich muss dringend den Staff-Kapitän sprechen", erklärt sie der Rezeptionistin Lauren.

„Hat es nicht noch ein paar Stunden Zeit? Es ist mitten in der Nacht. Ich würde ihn nur ungern stören", fragt sie mit Blick auf ihre Armbanduhr.

„Nein, hat es nicht. Ich habe einen Hinweis darauf, warum

meine Schwester verschwunden ist. Ich muss ihn sofort darüber informieren, damit er die Polizei verständigen kann."

„Okay. Warten Sie bitte einen Augenblick. Ich versuche ihn zu erreichen", erwidert Lauren und verschwindet im Hinterzimmer.

Nach ein paar Minuten kehrt sie zurück. „Der Staff-Kapitän ist in zehn Minuten hier."

„Danke", sagt Jamie, lässt sich auf einem Stuhl nieder und schließt die Augen, um sich ein wenig zu erholen.

Tatsächlich erscheint nach wenigen Minuten der Staff-Kapitän. Nervös springt Jamie auf.

„Was gibt es so Dringendes, dass Sie mich unbedingt während meiner wenigen Stunden Nachtruhe sprechen müssen?", fragt er mürrisch.

„Ich habe etwas herausgefunden, was das Verschwinden meiner Schwester erklärt."

Der Staff-Kapitän zieht erstaunt die Augenbrauen hoch. „Was wollen Sie herausgefunden haben, was die Polizei bei ihren Ermittlungen nicht entdeckt hat?"

„Die Angelegenheit ist ziemlich heikel. Können wir in einen Nebenraum gehen, wo uns niemand hören kann?"

„Sie machen es aber spannend. Kommen Sie. Wir gehen in mein Büro."

Völlig erschöpft und mit starken Schmerzen folgt Jamie dem Staff-Kapitän durchs Treppenhaus und anschließend den langen Gang bis zu seinem Büro. „Setzen Sie sich." Er deutet auf den Stuhl vor seinem Schreibtisch. „Dann erzählen Sie mal."

„Meine Schwester hat in der Nacht ihres Verschwindens einen Drogendealer überrascht!", konfrontiert Jamie ihn ohne Umschweife mit ihren Erkenntnissen.

„Wie bitte?" Der Staff-Kapitän starrt sie entsetzt an.

„Irgendjemand von der Crew handelt mit Drogen."

„Drogenhandel? Auf dem Schiff?", fragt er entgeistert. „Unmöglich! Das kann nicht sein! Wie kommen Sie überhaupt darauf?"

„Ich kann es beweisen." Jamie holt das Tütchen aus der Jakkentasche und knallt es auf den Tisch.

Ungläubit starrt Staff-Kapitän Hansen auf das weiße Pulver. „Was ist das?"

„Kokain!"

„Wo haben Sie das her?"

„Aus Rettungsboot 4. Das ließ mir keine Ruhe und ich habe mich vorhin dort umgesehen. Wir müssen dem oder den Dealern eine Falle stellen, damit wir sie auf frischer Tat ertappen. Eine unerwartete Rettungsübung mit dem Boot oder etwas Ähnliches."

„Nein, auf keinen Fall. Das ist zu gefährlich. Ich werde die Polizei verständigen. Sie soll morgen in Seward an Bord kommen."

„Das ist viel zu riskant. Ein Teil der Crew würde mitbekommen, dass sie die Polizei verständigt haben. Da wir nicht wissen, wer die Drogendealer sind, könnte unter Umständen jemand gewarnt sein. Sollte das nicht zutreffen, wären die Personen spätestens gewarnt, wenn die Polizei in Seward an der Pier wartet. Dann bliebe den Verbrechern immer noch genügend Zeit, das Kokain verschwinden zu lassen."

Der Staff-Kapitän überlegt und holt tief Luft. „Sie haben recht. Aber wie sollen wir die Dealer überführen?"

Jamie schaut auf ihr Handy. Es ist gleich 4.00 Uhr. „Ich habe eine Idee. Es ist noch ruhig auf dem Schiff. Ich hole das

Kokain und bringe es in meine Kabine. Im Rettungsboot werde ich ein Schreiben hinterlassen. Ich fordere 100.000 Dollar, die die Dealer an einem Ort deponieren sollen, wo es keine Kameras gibt. Sonst wird es nicht funktionieren, denn sie wissen, welche Bereiche gefilmt werden. Zwei oder drei Offiziere überwachen die Zugangswege dorthin und brauchen nur noch zuschnappen."

„Das kommt überhaupt nicht in Frage. Eine Erpressung ist viel zu risikoreich. Wir wissen nicht, wie sie darauf reagieren. Wir machen das anders. Ich werde unseren Sicherheitsoffizier verständigen. Für ihn lege ich meine Hand ins Feuer. Er hat mit der Sache nichts zu tun. Er soll verstärkt die Kamera an Boot 4 überwachen und einen Kollegen auf Stand-By halten, der sofort zugreift, sobald sich jemand daran zu schaffen macht. Die Dealer werden in der kommenden Nacht das Kokain holen, denn morgen in Seward werden wir mit der Crew eine Rettungsübung durchführen und dabei Boote zu Wasser lassen."

„Einverstanden. Wir sind ganz nah dran, diese Verbrecher zu überführen. Ich will dabei sein, wenn der Sicherheitsoffizier die Kamera überwacht. Ich will sehen, wer meine Schwester auf dem Gewissen hat, denn ich gehe davon aus, dass diese Schweine Kim über Bord geworfen haben."

„Das befürchte ich auch. Drogendealer sind unberechenbar, wenn man ihnen in die Quere kommt. Es tut mir leid, dass Ihre Schwester vermutlich tot ist. Ich bin schockiert, dass Mitglieder der Crew in kriminelle Machenschaften verwickelt sein sollen, und werde umgehend den Kapitän darüber in Kenntnis setzen. Ich verspreche Ihnen, dass wir alles dafür tun werden, die Sache aufzuklären. Aber Sie werden in der kommenden

Nacht in Ihrer Kabine bleiben. Es ist zu gefährlich für Sie. Ich kann nicht noch mehr Zwischenfälle gebrauchen. Wir werden Sie informieren, sobald wir die Verbrecher festgesetzt haben."

„Aber …"

„Kein aber. Das ist ein Befehl. Ich werde alles Nötige in die Wege leiten", sagt der Staff-Kapitän entschieden. Jamie sieht ihn sekundenlang an. Er wirkt blass und mitgenommen. Sie möchte nicht in seiner Haut stecken. Einerseits weiß er, dass Verbrecher an Bord sind, andererseits gibt es in dieser schwimmenden Stadt keine Polizei. Zudem muss er bei allem, was er tut, bedenken, dass er weder Passagiere noch Crew einer Gefahr aussetzen darf. So etwas ist ihm in seiner Laufbahn bestimmt noch nicht passiert.

„Also gut", lenkt sie ein. „Ich warte auf Ihre Nachricht."

Kapitel 34

15. Mai 2018, Seetag

Erschöpft kehrt Jamie in ihre Kabine zurück. Ihr geschundener Körper braucht Ruhe. Mitsamt ihrer Kleidung legt sie sich aufs Bett und schläft kurz darauf ein. Ihr Schlaf ist tief und traumlos. Erst das Klopfen der Kabinenstewardess an der Tür weckt sie. Sie schaut auf die Uhr. Es ist zehn. Jamie bittet Annie, später wiederzukommen und duscht erst einmal ausgiebig. Dann verlässt sie die Kabine, um in einem der Restaurants zu frühstücken.

Auf dem Weg dorthin klingelt ihr Handy. „Hallo Sam. Hast du etwas herausgefunden?"

„Hallo Jamie. Es gibt tatsächlich einen Treffer in unserer Datenbank. Er heißt Tom Gilbert und wurde schon einmal wegen Drogenbesitzes verurteilt. Ich schicke dir sein Foto zu. Ich hoffe, es hilft dir weiter. Aber bitte, halte mich aus der Sache raus. Verwende das Ganze vertraulich. Das kostet mich sonst meinen Job."

„Ja, natürlich. Danke Sam. Ich melde mich, wenn ich wieder zu Hause bin, und dann erzähle ich dir alles ausführlich."

Gespannt wartet Jamie auf das Bild. Die wenigen Minuten erscheinen ihr wie eine Ewigkeit. Ungeduldig tritt sie von einem Fuß auf den anderen. Dann endlich die ersehnte Meldung einer eingehenden Nachricht. Jamie öffnet den Anhang und ist erstaunt.

Ungläubig betrachtet sie den Mann, der vielleicht um die vierzig sein mochte. Sie hat ihn schon einmal gesehen, draußen auf der Pier. Dass er zu den Kriminellen gehört, hätte sie nicht erwartet. Schließlich hat er eine verantwortungsvolle Position inne. Sie erinnert sich, dass er am Tag von Victorias Tod an Bord der Starlight Symphony gewesen ist. Allerdings war er zum Zeitpunkt des Geldabhebens nicht auf Landgang.

Erneut lässt sie sich zum Staff-Kapitän bringen.

„Ich weiß, wer einer der Drogendealer ist", berichtet Jamie aufgeregt, als sie das Büro des Staff-Kapitäns betreten und die Tür hinter sich geschlossen hat.

Dieser zieht erstaunt die Augenbrauen hoch. „Wer ist es?"

„Der Lademeister."

„Unser Lademeister?", fragt er ungläubig.

„Ja. Er war es auch, der mich überfallen hat."

„Jetzt mal langsam und der Reihe nach. Sie wurden überfallen?"

„Ja, als ich gestern Abend an Deck war."

„Warum haben Sie mich nicht darüber informiert? Haben Sie den Täter erkannt?"

„Nein. Aber er hat gedroht, dass er mich über Bord werfen wird, wenn ich nicht aufhöre herumzuschnüffeln. Das muss der Lademeister gewesen sein. Er hat Angst, dass ich ihm auf die Spur komme. Ich bin sicher, er hat meine Schwester auf dem Gewissen. Er war es, den sie mit dem Kokain erwischt hat."

„Das kann ich nicht glauben. Er ist ein langjähriger, zuverlässiger Mitarbeiter. Das passt nicht zu ihm."

„Ich weiß, dass er schon einmal mit Drogen in Berührung gekommen ist", sagt Jamie selbstbewusst. „Als Journalistin hat man so seine Kontakte. Wir müssen etwas unternehmen. Sofort!"

Der Staff-Kapitän seufzt. „Was ist das für eine Reise! Also gut. Wir werden jetzt unsere unangekündigte, wöchentliche Kabinenkontrolle bei der Crew durchführen und fangen bei ihm an. Im Rahmen dieser fällt es nicht auf, dass wir einen Verdacht gegen ihn haben. Vielleicht finden wir etwas", beschließt er. „Gehen Sie zurück auf Ihre Kabine. Und bitte zu niemandem ein Wort. Ich möchte keine Unruhe unter den Passagieren."

„Aber ..."

„Kein aber. Das ist eine Anweisung!"

Jamie steht auf und verlässt sein Büro. Langsam geht sie den Gang entlang und biegt an dessen Ende nach rechts ins Treppenhaus ab. Plötzlich spürt sie von hinten einen Schlag auf den Kopf. Um sie herum wird es dunkel.

Kapitel 35

Mit einem unguten Gefühl in der Magengegend fixiert Matt sein Handy. Es zeigt weder eine eingehende Nachricht an, noch klingelt es. Er hat schon zwei Mal versucht, Jamie anzurufen. Aber sie war nicht zu erreichen und seiner Bitte um Rückruf war sie nicht gefolgt.

Seitdem sie den Staff-Kapitän über den Fund des Kokains informieren wollte, hat er nichts mehr von ihr gehört. Und das ist schon Stunden her. Dabei hat sie sonst ihr Smartphone immer im Blick. Irgendetwas muss passiert sein. Kurzerhand fasst er einen Entschluss.

Kapitel 36

„Ich möchte den Mann besuchen, der gestern nach einem Unfall auf der Starlight Symphony hier eingeliefert wurde. Seinen Namen kenne ich leider nicht", erklärt Matt der freundlichen Dame an der Information des Krankenhauses in Juneau, wo er am Abend eintrifft.

„Einen Moment bitte", entgegnet sie und schaut in ihrem Computer nach. „Er liegt auf Station 5. Melden Sie sich dort bitte im Schwesternzimmer. Da wird Ihnen jemand weiterhelfen."

„Danke, das mache ich", sagt Matt und fährt mit dem Aufzug nach oben.

Anne, die Stationsschwester, mustert ihn misstrauisch von oben bis unten, als er nach der Zimmernummer des Unfallopfers fragt. „Sind Sie ein Freund?"

„Nein. Aber ich muss ihn dringend sprechen. Sagen Sie ihm bitte, dass ich ein Freund der vermissten Passagierin und deren Schwester bin."

„Warten Sie hier einen Moment. Ich frage ihn, ob er Sie sehen möchte."

Die Schwester geht schnellen Schrittes davon. Am Ende des Ganges betritt sie das letzte Zimmer auf der rechten Seite. Kurz darauf kehrt sie zurück. „Er möchte Sie sehen. Zimmer 541. Aber überanstrengen Sie ihn bitte nicht. Er ist sehr schwach."

„Danke."

Zaghaft klopft Matt an die Tür und tritt ein. Der schmächtige Kerl liegt allein im Zimmer. Sein Anblick ist mitleiderregend: Um seinen Kopf ist ein Verband gewickelt, dazu trägt er eine Halskrause. Sein rechtes Bein ist eingegipst und liegt in einer Schiene. Das Gesicht des jungen Mannes erinnert an das eines Boxers nach der 10. Runde. Sein Blick ist trüb, doch er sieht Matt neugierig an.

„Hallo, ich bin Matt. Wie geht es dir?", fragt er und legt ihm eine Papiertüte mit Keksen, Obst, Saft und Schokolade auf die Bettdecke. Einen Umschlag mit 300 Dollar für Medikamente und andere medizinische Kosten hat er ebenfalls in die Tüte gesteckt. Er hat das Bedürfnis, demjenigen, der Jamie helfen wollte, etwas zurückzugeben.

„Geht so. Ich will so schnell wie möglich nach Hause und nie mehr auf dieses Schiff zurück. Bist du ein Freund von der Vermissten und ihrer Schwester?"

„Ja. Jamie hat mir erzählt, dass sie einen Zettel zugesteckt bekommen hat. Jemand wollte sie auf dem Friedhof in Skagway treffen und ist dann nicht gekommen ist. Warst du das?"

Der junge Mann zögert. Er scheint nicht sicher zu sein, ob er Matt vertrauen kann. Wenn sie mit ihrer Vermutung richtig liegen, dass der Sturz auf der Treppe kein Unfall war, kann man ihm das nicht verübeln.

„Du kannst mir vertrauen. Ich wurde nicht von den Verbrechern geschickt, die dir das angetan haben. Ich brauche deine Hilfe, weil ich befürchte, dass Jamie in Lebensgefahr ist. Sie ist deinem Hinweis nachgegangen und hat sich Boot 4 angesehen. Dabei hat sie das Versteck mit dem Kokain gefunden."

„Ja, ich hab ihr den Zettel zugesteckt. Ich bin Johnny. Vor ein paar Tagen musste ich im Lebensmittellager ein Regal

162

reparieren. Da hab ich jemanden überrascht, der Drogen aus einem Karton holen wollte. Der hat mir gedroht, dass er meiner Familie etwas antun würde, wenn ich irgendjemandem was erzähle."

„Mit Drogendealern ist in der Regel nicht zu spaßen. Wie ging es weiter?"

„Mir war klar, dass der was mit dem Verschwinden der Passagierin zu tun hat, weil in dem Karton auch der Poncho und das Halstuch der Vermissten waren. Das Tuch hat sie bei der Einschiffung getragen, als das Foto für die Cruise Card gemacht wurde und abends den Poncho. Ich wollte ihrer Schwester Bescheid sagen. Hatte aber Angst, man könnte uns zusammen sehen. Außerdem wusste ich nicht, ob er Komplizen hat. Später hab ich mir das Treffen auf dem Friedhof überlegt."

„Zu dem es aber nicht gekommen ist."

„Nein. Ein anderes Besatzungsmitglied hat mich unter einem Vorwand in den Maschinenraum gelockt. Als ich kapiert habe, dass der der Komplize ist, war es zu spät. Der hat mich erst bedroht und dann die Treppe runtergestoßen. Die haben irgendwie rausgekriegt, dass ich mich mit der Schwester der Vermissten treffen wollte."

„Es tut mir leid, dass du in diese Situation geraten bist und sie versucht haben, dich zu umzubringen. Ich danke dir dafür, dass du Jamie den Hinweis auf Boot 4 gegeben hast. Sonst wäre der Drogenhandel niemals aufgeflogen. Wir vermuten, dass Kim den Dealer am Abend ihres Verschwindens überrascht und er sie über Bord geworfen hat."

Johnny legt den Kopf zurück aufs Kissen. Das Aufrichten strengt ihn zu sehr an. „Das ist furchtbar. Ich hätte sofort die Polizei informieren müssen. Aber ich hab Angst gehabt wegen meiner Familie."

„Mach dir keine Vorwürfe. Ich weiß nicht, ob ich an deiner Stelle anders gehandelt hätte. Drogendealer sind skrupellose Menschen. Sie gehen nicht gerade zimperlich mit Leuten um, die ihnen gefährlich werden können. Ich hätte wahrscheinlich auch Angst gehabt. Nur Jamie hat sich in den Kopf gesetzt, selbst herausfinden was mit ihrer Schwester passiert ist."

Johnnys Augen weiten sich vor Entsetzen. „Das darf sie nicht. Sie hat keine Ahnung, mit wem sie sich anlegt. Du musst ihr das ausreden! Sie muss in Seward die Polizei rufen."

„Ich habe versucht, ihr einen Alleingang auszureden, und glaube, sie hat es begriffen. Sie hat mir versprochen, den Staff-Kapitän über das Kokain zu informieren. Das Problem ist, ich kann sie nicht mehr erreichen. Deshalb bin ich hierhergekommen. Wer sind die Männer?"

Apathisch schüttelt Johnny den Kopf. „Das hätte sie nicht tun dürfen. Sie hätte ihm niemals vertrauen dürfen", flüstert er.

„Was meinst du? Wem darf sie nicht vertrauen?", fragt Matt verständnislos.

„Der Staff-Kapitän ist das Schwein, was ich im Lebensmittellager erwischt hab."

„Wie bitte?" Matt steht das Entsetzen ins Gesicht geschrieben. „Das ist nicht dein Ernst."

Johnny nickt. „Doch. Und der Lademeister ist sein Komplize. Er hat mich die Treppe runtergestoßen."

Matt wird übel. Mit diesen Männern haben weder Jamie noch er gerechnet. Und er hat sie heute Morgen buchstäblich in ihr Verderben geschickt, als er darauf bestanden hat, dass sie den Staff-Kapitän über den Kokainfund informiert. Jamie befindet sich in Lebensgefahr. Er muss sie warnen. Hoffentlich ist es noch nicht zu spät.

Matt greift zum Handy und versucht erneut sie zu erreichen. In was war Jamie nur hineingeraten! Es ist wie ein böser Traum, aus dem man nicht erwacht. Er wartet eine Weile, doch sie geht immer noch nicht ans Telefon. Deshalb spricht er ihr zum vierten Mal auf die Mailbox. Dass er sie vor dem Staff-Kapitän und dem Lademeister warnen will, sagt er jedoch nicht. Er kann nicht sicher sein, dass die Männer sie nicht schon in ihrer Gewalt haben und das Handy überwachen. Darüber möchte er gar nicht nachdenken.

„Verdammt", flucht Matt und läuft nervös im Krankenzimmer auf und ab. „Ich kann sie immer noch nicht erreichen. Das ist kein gutes Zeichen. Ich hoffe nur, dass sie sie nicht …"

„Wir müssen Rodney anrufen. Das ist mein Kumpel. Er soll zu ihrer Kabine gehen."

„Das ist eine gute Idee. Hier, ruf ihn an." Matt reicht ihm sein Handy. Es dauert nicht lange, da meldet sich Rodney.

„Rodney, du musst mir helfen", bittet Johnny mit zitternder Stimme. „Nein, mir geht's gut. Ich kann jetzt nicht viel erklären. Pass auf. Geh zu Kabine 3226. Da wohnt die Schwester der vermissten Passagierin. Sag ihr, sie soll sofort ihren Freund Matt anrufen. Dringend. Sie ist in Lebensgefahr. Sie hat das Kokain gefunden. Hast du verstanden?", erklärt er hektisch. „Okay. Danke."

„Er macht sich direkt auf den Weg", sagt Johnny, als er das Gespräch beendet hat.

„Danke", sagt Matt. Ungeduldig geht er weiter auf und ab. Das Warten und die Ungewissheit machen ihn verrückt. Doch er kann nichts tun, das Schiff befindet sich auf See. Er überlegt hin und her. Soll er die Polizei in Seward verständigen? Oder macht er damit die Situation für Jamie nur noch schlimmer?

Nach ein paar Minuten klingelt sein Handy. „Das ist Rodney",
sagt Johnny und nimmt das Gespräch entgegen. „Aha … Hm
… Mein Gott. Wenn du sie gefunden hast, melde dich wieder
unter dieser Nummer. Sie gehört Matt. Ich erklär dir später
alles."

„Und? Was hat er gesagt?", fragt Matt beunruhigt.

„Sie ist nicht in ihrer Kabine. Er wird sie suchen."

Kapitel 37

Mühsam versucht Jamie die Augen zu öffnen. Es fällt ihr schwer, denn ihre Lider sind schwer wie Blei. Wieder und wieder versucht sie sie aufzuhalten. Als es ihr endlich gelingt, bleibt es trotzdem dunkel. Sie erschrickt. Was war passiert? Wo ist sie? Warum dröhnt ihr Kopf und fühlt sich an, als würde er jeden Moment zerspringen?

Sie weiß es nicht. Benommen hockt sie zusammengekauert auf dem Boden, den Rücken gegen eine Wand gelehnt. Ihre Hände und Füße sind gefesselt, der Mund zugeklebt. Als Jamie das realisiert, gerät sie in Panik. Sie strampelt heftig mit den Beinen, versucht gleichzeitig ihre Hände aus den Fesseln zu ziehen. Vergeblich. Bereits nach kurzer Zeit ist sie erschöpft. Ihr Kopf schmerzt mehr als zuvor. Der Alptraum, in den sie zu Beginn der Reise geraten war, scheint nicht enden zu wollen. Krampfhaft versucht sie sich zu erinnern, was geschehen war. Wo war sie zuletzt gewesen? Was hat sie gemacht? Nur langsam kommt die Erinnerung zurück.

Wer war ihr gefolgt, als sie das Büro des Staff-Kapitäns verlassen hat?

Wie lange war sie bewusstlos gewesen? Minuten oder Stunden, vielleicht einen ganzen Tag? Sie hat jegliches Zeitgefühl verloren. Sie kann nicht einmal abschätzen, ob sie bereits in Seward liegen oder noch auf dem Weg dorthin sind. Sie spürt weder Wellenbewegungen, noch nimmt sie Ladeaktivitäten wahr.

Dann wird im Nebenraum Licht eingeschaltet. Es scheint durch den Spalt unter der Tür hindurch. Zwei Männer unterhalten sich leise. Jamie kann nicht heraushören, um wen es sich bei den beiden handelt. Sie schnappt einzelne Wortfetzen auf: „… wir müssen uns überlegen, wie wir das Problem beseitigen …" und „… lass uns noch etwas warten, bis wir …". Jamie hält den Atem an. Was wird jetzt passieren? Mit „Problem" ist zweifelsohne sie gemeint.

Nach ein paar Minuten wird das Licht wieder ausgeschaltet. Die Männer verlassen den Nebenraum. Jamie bleibt allein in der Dunkelheit zurück. Allein mit ihren Gedanken, allein mit ihrer Angst. Sie friert erbärmlich in ihrem dünnen Pullover und der Jeans. Aber noch schlimmer als die Kälte ist der Durst. Sie hat seit Stunden weder gegessen noch getrunken. Den Hunger kann sie problemlos über längere Zeit aushalten, den Durst nicht. Wenn sie zu wenig trinkt überkommt sie zuerst das Gefühl, nicht mehr Herr ihrer Sinne zu sein und alles durch einen Schleier zu sehen. Danach kommen starke Kopfschmerzen hinzu. Obwohl, schlimmer als der Schmerz, den ihr die Verletzung am Hinterkopf bereitet, kann es nicht werden.

Jamie lehnt den Kopf gegen die Wand und schließt die Augen. Wie lange werden die Männer sie hier festhalten? Was haben sie mit ihr vor? Wird ihr Leben ebenfalls auf diesem Schiff zu Ende gehen? Plötzlich schießt ihr ein anderer Gedanke durch den Kopf. Lebt Kim vielleicht doch noch? Halten die Männer ihre Schwester genau wie sie auf dem Schiff fest? In einem kleinen Raum ohne Fenster? Als Besatzungsmitglied hätte der Lademeister alle Möglichkeiten gehabt zu verhindern, dass Kim bei der Durchsuchung des Schiffs gefunden wird. Diese Erkenntnis weckt neue Hoffnung in ihr. Ihr alter Kampfgeist erwacht. Sie muss die Schmerzen verdrängen und sich aus diesem Gefängnis befreien. Zentimeter um Zentimeter robbt sie auf dem kalten Boden Richtung Tür. Vielleicht würde es ihr irgendwie gelingen, sich aufzurichten und sie zu öffnen.

Bereits nach kurzer Zeit wird Jamie ungeduldig. Das Ganze dauert ihr zu lange. Deshalb will sie sich hinlegen und zur Tür rollen. Ihr Oberkörper hat den Boden noch nicht berührt, da spürt sie einen Widerstand. Verdammt! Sie hat nicht bemerkt, dass diese Mistkerle sie mit einem Seil an irgendeinem Gegenstand festgebunden haben. Keuchend bleibt Jamie mitten im Raum hocken. Das Seil, das sie an der Flucht hindert, ist an ihren gefesselten Händen befestigt. In der Hoffnung, dass der Gegenstand nachgibt, mobilisiert sie mit einer unbändigen Wut ihre letzten Kräfte. Zornig versucht sie mit einem heftigen Ruck das Seil zu lösen. Doch nichts passiert. Außer, dass sich die Fesseln fester um ihre Handgelenke schnüren. Sie unternimmt einen zweiten Versuch, reißt, so fest sie kann, am Seil. Die Schmerzen der sich tief in die Haut schneidenden Fesseln durchzucken ihren Körper.

„Verdammter Mist!", flucht sie. Der Klebestreifen über ihrem Mund verhindert, dass auch nur ein Ton nach außen dringt. Doch aufgeben ist nicht ihre Art. Sie muss sich eine andere Strategie einfallen lassen. Wenn sie wenigstens etwas sehen könnte! Nach ein paar Minuten, in denen sie sich ein wenig erholt hat, robbt Jamie zurück an die Wand, um sich wieder anzulehnen. Eigentlich will sie sich Gedanken darüber machen, wie sie aus ihrem Gefängnis entkommen kann. Aber sie kann sich nicht konzentrieren. Der Durst wird unerträglich. Ihr Mund ist trocken, die Zunge klebt am Gaumen. Mühevoll zieht sie die Spucke zusammen und verteilt sie im ganzen

Mundraum. Helfen tut es nicht.

Sie muss sich irgendwie ablenken. Jamie beginnt zu zählen. So bekommt sie ein Gefühl dafür, wie die Zeit vergeht. Eins, zwei, drei … neunundfünfzig, eine Minute! Eins, zwei, drei, vier, fünf, … achtundfünfzig, neunundfünfzig, zwei Minuten! Nach kurzer Zeit nervt sie die Zählerei. Stattdessen sucht sie nach Hinweisen, wo sie sich gerade befindet. Sie hält die Luft an und verharrt regungslos, um jeden Hinweis aufzunehmen. Sie spürt so gut wie keine Bewegung, was ein Indiz dafür wäre, dass sie bereits in Seward liegen. Doch müssten dann nicht verschiedene Geräusche zu hören sein? Das Aussteigen der Passagiere über die Gangway, das Aufnehmen von Lebensmitteln, eventuelle Ausbesserungsarbeiten der Crew an der Außenseite des Schiffs. Nichts dergleichen nimmt sie wahr. Es ist zum Verzweifeln.

Jamie überkommt ein Augenblick der Schwäche. Trotz Hunger und Durst möchte sie schlafen. Sie ist müde. Ihr Köper, der seit dem Überfall an Deck arg in Mitleidenschaft gezogen ist, braucht dringend Erholung. Doch das ist mit zusammengeschnürten Händen und Füßen nicht möglich. Hätte sie bloß auf Matt gehört und nicht versucht, Detektiv zu spielen. Sie hat die Situation an Bord völlig unterschätzt. Sie hat ihre Gegenspieler unterschätzt. Mit Drogendealern legt man sich nicht an. Sie hofft inständig, dass Matt die Polizei verständigt, wenn sie sich nicht mehr bei ihm meldet. Sonst wird sie in wenigen Stunden tot sein.

Plötzlich wird im Nebenraum wieder das Licht eingeschaltet. Erneut vernimmt sie zwei Männerstimmen. Jamie hält vor Anspannung den Atem an. Ihr Herz rast. Was wird jetzt geschehen? Werden sie sie holen? Einer der beiden ist der

Lademeister, wer ist der andere?

Kurz darauf wird die Tür geöffnet und das Licht eingeschaltet. Jamie blinzelt. Die Helligkeit sticht in ihren Augen und es dauert eine Weile, bis sie etwas sehen kann. Zuerst erkennt sie nur die Umrisse der zwei großen Männer. Sie stehen unschlüssig vor ihr und blicken auf sie herab. Erst nach und nach wird das Bild klarer. Wie vermutet, ist einer der beiden der Lademeister. Dann wandert ihr Blick zu dem anderen. Ihre Augen weiten sich vor Entsetzen, als sie den zweiten Mann erkennt. Vielen anderen hätte sie zugetraut, dass sie in kriminelle Machenschaften verwickelt sind. Nur ihm nicht. Sie hat ihm blind vertraut und fast alles, was sie wusste, mitgeteilt. Was für ein Fehler! In ihrem ganzen Leben hat sie sich noch nie in einem Menschen derart getäuscht! Jetzt ist klar, warum der Lademeister nicht sofort nach ihrer Schuldzuweisung festgesetzt wurde: Der zweite Mann ist Staff-Kapitän Hansen, der mit eiskaltem Blick auf sie herabschaut.

„Warum hast du nicht darauf gehört, was ich gesagt habe und mit der Schnüffelei aufgehört?", fährt der Lademeister sie an und reißt ihr mit einem Ruck das Klebeband vom Mund.

„Was habt ihr Schweine mit meiner Schwester gemacht?", faucht Jamie, als sie wieder sprechen kann.

„Sie war genauso neugierig wie du. Sie hat mich nachts überrascht, als ich Nachschub aus dem Rettungsboot holen wollte. Dann hat sie nichts Besseres zu tun gehabt, als dich sofort anzurufen. Da musste ich handeln", erwidert der Lademeister.

„Was hast du mit ihr gemacht?"

„Ich konnte nicht zulassen, dass sie unser Geschäft zerstört und wir ins Gefängnis wandern. Ich bin ihr gefolgt und habe sie an einer Stelle, die nicht von einer Kamera überwacht wird, über Bord geworfen."

Jamie schießen die Tränen in die Augen. „Das wirst du bereuen, du Mistkerl!", stößt sie drohend hervor.

Der Lademeister lacht höhnisch. „Das glaube ich nicht, Schätzchen. Du wirst auf ebenso mysteriöse Weise verschwinden. Es wird keine Zeugen geben. Morgen in Seward werden wir deine Cruise Card auschecken und falls jemand nach dir fragt, hast du wie jeder andere Passagier dort das Schiff verlassen."

„Damit werdet ihr nicht durchkommen. Es wissen einige Leute über die Vorgänge an Bord Bescheid."

„Du meinst Matt?", grinst der Staff-Kapitän und holt ihr Handy aus der Hosentasche. „Er hat sich tatsächlich Sorgen um dich gemacht. Er hat mehrfach angerufen und Nachrichten auf deiner Mailbox hinterlassen, dass du dich unbedingt melden sollst. Die letzte Nachricht ist erst eine Stunde alt. Daraufhin hast du ihm geantwortet, dass du inzwischen wüsstest, wer die Drogendealer seien. Bei dir sei alles in Ordnung und du würdest nichts weiter unternehmen. Die Polizei in Seward hättest du verständigt, er brauche sich keine Sorgen zu machen. Sobald die Verbrecher festgenommen seien, würdest du dich bei ihm melden", erklärt er spöttisch.

Jamie lehnt ihren Kopf gegen die Wand. Verflixter Mist! Sie sitzt in der Falle. Sie hat keine Chance, ihren Peinigern zu entkommen. Es gibt niemanden, der ihr helfen kann. Niemanden, der sie vermisst. Sie befinden sich mitten auf dem Meer, weit weg von der nächsten Polizeistation. Und Matt denkt, dass alles in Ordnung sei.

„Ach und noch etwas", sagt der Staff-Kapitän. „Ich habe bereits zwei Geschäftspartner losgeschickt, die sich um Matt kümmern werden." Bei diesen Worten fährt Jamie der Schreck durch alle Glieder. Erst jetzt wird ihr bewusst, dass sie nicht nur sich in Lebensgefahr gebracht hat. Warum hat sie nicht direkt die Polizei informiert, als sie das Kokain entdeckt hat? Wenn Matt etwas passiert, ist das allein ihre Schuld! Dass ihr Leben hier enden wird, ist ihr Problem. Sie hat sich selbst in diese ausweglose Situation gebracht. Dass aber Matt ebenfalls sterben wird, das hätte sie nicht riskieren dürfen. Doch sie hat keine Möglichkeit, ihn zu warnen.

„Hat Victoria euch auch überrascht?", fragt Jamie, um Zeit zu schinden. Vielleicht geschieht ein Wunder und jemand entdeckt sie zufällig hier.

Die beiden Männer sehen sich verunsichert an.

„Wie kommst du darauf? Victoria hat Selbstmord begangen. Das haben die Bilder der Überwachungskameras gezeigt", antwortet der Staff-Kapitän.

„Sie hat sich nicht freiwillig umgebracht. Sie wurde in den Tod getrieben. Es sollte nur wie ein Selbstmord aussehen", entgegnet Jamie selbstsicher.

„Ach ja. Woher willst du das wissen?"

„Ich habe das Video gesehen. Als sie zur Reling geht und in der Mitte des Restaurantdecks stehenbleibt und sich umdreht, spiegelt sich eine Person in ihrer Brille. Das war doch einer von euch. Oder etwa nicht?"

Wieder sehen sich die beiden an. Sie scheinen zu erkennen, dass sie Jamie unterschätzt haben.

„Wo hast du das Video gesehen?", fragt der Staff-Kapitän schroff.

„Das ist egal. Ich kenne es und damit gut", antwortet Jamie patzig. Sie will auf keinen Fall preisgeben, dass sich Matt in das Computersystem der Reederei gehackt hat.

Der Faustschlag des Staff-Kapitäns trifft sie mitten ins Gesicht. Ihr Kopf wird nach rechts geschleudert, ein heißer Schmerz durchzuckt ihren Nacken. Blut schießt aus ihrer Nase. Ein Krachen lässt vermuten, dass ihr Nasenbein gebrochen ist. Obwohl ihr ganzes Gesicht schmerzt und brennt, will sie wissen, ob Victoria aus dem gleichen Grund getötet wurde, wie Kim. „Warum musste Victoria sterben?"

„Victoria ist genau wie deine Schwester gegen Mitternacht auf dem Außendeck herumgeschlichen. Sie hat mich auch dabei erwischt, wie ich Kokain aus Boot 4 geholt habe. Hast du eigentlich eine Vorstellung davon, wie einträglich das Geschäft ist? Wir haben mittlerweile in fast allen Häfen, die wir ansteuern, einen großen Kundenstamm. Und es werden immer mehr. Wir haben in den letzten Jahren Millionen verdient. Damit können wir uns, wenn wir nicht an Bord sind, ein verdammt schönes Leben machen. Das lassen wir uns von irgendwelchen Schlampen nicht kaputt machen. Verstanden?", erklärt der Lademeister.

„Die beiden konnten schließlich nichts dafür, wenn ihr so blöd seid und euch erwischen lasst. Warum versteckt ihr die Ware nicht in euren Kabinen? In dem Rettungsboot kann es ständig entdeckt werden."

„Das ist zu gefährlich. Wenn die Putzen die Kabinen reinigen und vielleicht mal den Schrank öffnen, würden sie es sofort entdecken. In Boot 4 ist es am sichersten. Der Staff-Kapitän weiß genau, an welchen Tagen welches Rettungsboot überprüft oder für eine Übung oder das Tendern benötigt wird. Dann räumen wir es kurzfristig leer und verstecken das Kokain an einem anderen Ort. Nachher bringen wir es wieder zurück."

Dann packt der Staff-Kapitän Jamie am Kragen. „Genug geplaudert. Also noch einmal: Wie bist du an das Video gekommen?", fragt er drohend.

„Das sage ich nicht."

Der nächste Faustschlag trifft sie an der gleichen Stelle.

„Ahhhh", schreit Jamie laut auf. Ihre Nase schmerzt höllisch. Ihr mittlerweile angeschwollenes Gesicht fühlt sich wie ein unförmiger Klumpen an. Das Blut rinnt unentwegt aus ihrer Nase und verteilt sich über Pullover und Jeans.

„Jetzt hör auf", mischt sich der Lademeister ein. „Es ist egal, woher sie es weiß. Sie ist eh gleich tot. Dieser Matt wird es besorgt haben. Aber um den kümmern sich schon die anderen."

„Dann verpassen wir ihr jetzt K.O.-Tropfen und kleben ihr den Mund wieder zu. Ich habe schwarze Folie besorgt. In die werden wir sie einwickeln. Wenn dir später auf dem Weg nach draußen jemand begegnet, wird jeder denken, du trägst einen Teppich", sagt der Staff-Kapitän. „Und dann", er wendet sich Jamie zu, „dann werden wir dich diese Nacht auf dem Meer auschecken. Wenn wir morgen früh deine Karte gescannt haben, wird jeder denken, du hast das Schiff lebend verlassen und wir sind aus der ganzen Geschichte raus."

„Bringen wir es hinter uns, bevor etwas dazwischen kommt." Der Lademeister holt ein Glas Wasser, füllt etwas aus einem kleinen Fläschchen hinein und will es Jamie einflößen. Sie presst die Lippen fest zusammen und versucht den Kopf wegzudrehen. Jede noch so kleine Bewegung verursacht unerträgliche Schmerzen, aber ihr Überlebenswille ist stärker. Der Lademeister reißt ihren Kopf an den Haaren herum und streckt ihn nach hinten über. Trotz allem hält Jamie krampfhaft den Mund geschlossen. Doch sie spürt, dass ihre Kräfte nachlassen. Wie lange wird sie es noch schaffen, sich zu wehren?

„Mach den Mund auf, du Miststück", brüllt der Lademeister. „Sterben wirst du so oder so. Wenn du das trinkst, wirst du nichts davon spüren."

Jamie beißt weiterhin die Zähne zusammen. Sie wird bis zuletzt Widerstand leisten, denn sie will noch nicht sterben.

„Mensch, beeil dich", schnaubt der Staff-Kapitän wütend. „Je länger es dauert, desto größer ist die Gefahr, dass jemand ins Büro kommt."

Der Lademeister zieht ein Messer aus der Hosentasche und presst es Jamie an den Hals. „Wenn du jetzt nicht den Mund aufmachst, schlitz ich dir die Kehle auf."

Jamies Pupillen weiten sich vor Angst, als sie die Klinge auf ihrer Haut spürt. Unwillkürlich öffnet sie den Mund. Der Lademeister streckt ihren Kopf erneut nach hinten über und will ihr die Flüssigkeit verabreichen. Das ist das Ende, schießt es Jamie durch den Kopf. Gleich wird sie die Augen schließen und nicht mehr aufwachen. Dann ist sie wieder mit Kim vereint. Doch was ist mit ihren Eltern, die beide Kinder verlieren?

„Nimm sofort die Hände von der Frau und lass das Messer fallen", befiehlt plötzlich eine energische Männerstimme.

Jamie zuckt zusammen. Der Lademeister lässt erschrocken von ihr ab und dreht sich um. Der Staff-Kapitän tritt ein paar Schritte zurück. Niemand hat bemerkt, dass Sicherheitsoffizier und 2. Offizier den Nebenraum betreten haben und jetzt im Türrahmen stehen. Beide sind bewaffnet und richten die Gewehre auf ihre Kollegen. Hinter den beiden großgewachsenen Männern steht der philippinische Kollege des verletzten

Crewmitglieds. Als die Verbrecher außer Gefecht gesetzt sind, stürzt er zu Jamie. Er kniet vor ihr nieder, löst ihre Fesseln und entfernt den Klebstreifen von ihrem Mund.

„Wie geht es dir?", fragt er besorgt, als er das Blut und ihr geschwollenes Gesicht sieht. „Ich bin übrigens Rodney, der beste Freund von Johnny, der dich auf dem Friedhof treffen wollte."

Jamie nickt erleichtert und schnappt nach Luft. Ihr Puls rast. Sie hat bereits mit dem Leben abgeschlossen.

„Danke, das war knapp", bringt sie atemlos hervor. „Es gibt keine Stelle an meinem Körper, die nicht weh tut. Ich glaube, meine Nase ist gebrochen und ich habe fürchterlichen Durst. Woher wusstet ihr, dass die beiden mich hierher gebracht haben?"

Rodney erzählt ihr von Matts Besuch im Krankenhaus, von dem was Johnny herausgefunden hat und wer ihn die Treppe heruntergestoßen hat. „Matt wollte dich vor dem Staff-Kapitän und dem Lademeister warnen, konnte dich aber nicht mehr erreichen. Sie haben mich angerufen und gebeten, dich zu suchen. Als ich dich nicht finden konnte, habe ich sofort den Kapitän und den Sicherheitsoffizier informiert."

Dann erscheint Kapitän Andresen im Türrahmen. „Frau Miller, es tut mir leid, was Ihnen und Ihrer Schwester auf dieser Reise zugestoßen ist. Wir werden den Staff-Kapitän und den Lademeister in Gewahrsam nehmen und bewachen. Morgen in Seward werden wir beide der Polizei übergeben. Wir werden die Behörden vollumfänglich unterstützen, damit diese Vorfälle restlos aufgeklärt werden. Glauben Sie mir, es ist mir unbegreiflich, wie die beiden unbemerkt ein florierendes Drogengeschäft betreiben konnten."

„Danke. Wenn Sie alle nicht gewesen wären, hätten mich diese Verbrecher auch getötet. Victoria wurde übrigens gezwungen, in den Tod zu springen."

„Victoria? Das war doch Selbstmord!"

„Nein, war es nicht. Aber das ist eine lange Geschichte, für die ich jetzt viel zu müde bin", entgegnet Jamie erschöpft. „Mein Gott, das hätte ich fast vergessen! Sie müssen sofort die Polizei informieren, damit sie meinen Freund Matt schützt. Er weiß über die Vorgänge an Bord Bescheid und der Staff-Kapitän hat seine Leute auf ihn angesetzt."

Der Blick des Kapitäns ist besorgt. „Das werde ich sofort in die Wege leiten. Hoffentlich ist es nicht zu spät. Wenn Sie möchten, werde ich Sie morgen zur Polizei begleiten", bietet ihr der Kapitän an.

Jamie nickt stumm. Sie ist froh, dass sie nicht allein aussagen muss.

„Ich bringe dich jetzt zum Arzt", sagt Rodney und hilft ihr aufzustehen.

Jamie kann kaum stehen. Zu lange waren ihre Beine fest zusammengeschnürt gewesen. Deshalb haken sich Rodney und der Sicherheitsoffizier bei ihr ein und bringen sie gemeinsam zur Krankenstation. Einerseits ist sie erleichtert, dass der Alptraum endlich vorbei ist, andererseits hat sie die endgültige Gewissheit, dass ihre Schwester tot ist.

Was sie jetzt braucht sind Wasser, ein Mittel gegen die Schmerzen und absolute Ruhe.

Epilog

16. Mai 2018, Seward

Der Himmel ist wolkenverhangen, als die Starlight Symphony Seward am frühen Morgen erreicht. Der Kapitän und einige Offiziere haben es so arrangiert, dass zuerst Staff-Kapitän und Lademeister von Bord gebracht und der an der Pier wartenden Polizei übergeben werden, bevor die Passagiere das Schiff verlassen dürfen. Gleichzeitig kommen Polizisten an Bord, um Spuren zu sichern.

Direkt nach den Verbrechern verlässt Jamie in Begleitung des Kapitäns das Schiff. Gemeinsam werden sie mit einem Taxi zur Polizei fahren, um ihre Aussagen zu machen. Rodney folgt ihnen mit zwei Koffern. Einer gehört ihr, der andere gehörte Kim. Rodney war so nett gewesen und hat die Koffer gepackt. Jamie hat es körperlich und seelisch nicht geschafft. Auch er wird mit zur Polizei fahren, um gegen diese Verbrecher auszusagen. Sicherheitsoffizier und 2. Offizier werden ebenfalls ihre Aussagen zu Protokoll geben, wenn sie die Formalitäten im Hafen erledigt haben.

Trotz des schlechten Wetters trägt Jamie eine Sonnenbrille. Niemand soll die dunklen Ringe unter ihren Augen sehen. Obwohl sie gestern Abend völlig übermüdet und körperlich am Ende gewesen war, hat sie die ganze Nacht über kein Auge zu gemacht. Die Ereignisse der letzten Woche haben ihr sehr zugesetzt und ließen sie nicht zur Ruhe kommen. Sie will einfach nur nach Hause.

Jamie schluckt. Dort steht ihr eine schwere Aufgabe bevor. Sie muss ihre Familie und Brad über Kims Tod informieren. Bisher hat sie es nicht getan, um sie nicht zu beunruhigen. Immerhin wäre es möglich gewesen, dass Kim lebend gefunden worden wäre. Außerdem waren ihre Eltern bis vor ein paar Tagen in Australien in Urlaub gewesen. Zudem ist davon auszugehen, dass diese Verbrecher von Kims Handy aus Nachrichten verschickt haben, dass es ihr gut ginge. Sie selbst hat nur am Tag der Ankunft der Familie geschrieben. Aber es ist bekannt, dass sie im Urlaub keine Nachrichten schreibt.

Jamie und ihre Begleiter betreten die große Zelthalle am Ende der Pier. Dort sind die Koffer der Passagiere aufgereiht und werden später von diesen mit zu den verschiedenen Bussen genommen. Als sie das Zelt auf der anderen Seite wieder verlassen, parken dort zahlreiche Busse. Sie warten auf Ausflugsgruppen oder bringen Passagiere direkt zum Flughafen nach Anchorage.

Kim und sie hätten eine mehrstündige Bootstour auf dem Kenai Fjord und der Resurrection Bay unternommen, bevor sie zum Flughafen gefahren wären. Jetzt wird Jamie nach ihrer Aussage bei der Polizei auf Kosten der Reederei mit einem Taxi dorthin gebracht.

Mittlerweile hat es zu regnen begonnen. Das Wasser läuft die Brillengläser hinunter und tropft auf ihre Jacke. Doch das ist ihr egal. Alles ist ihr egal. Gestützt vom Kapitän, steuert sie das bereits auf sie wartende Taxi an. Direkt neben diesem steht ein weiterer PKW. Als sie sich nähern, steigt ein Mann aus.

„Matt!?", flüstert Jamie ungläubig, als dieser auf sie zukommt. Dann fällt sie ihm um den Hals. „Ich bin so froh, dass du hier bist. Geht es dir gut? Diese Verbrecher haben behauptet, dass sie Leute bei dir vorbeischicken, die dich zum Schweigen bringen."

„Mir geht es gut. Sie müssen mich in Vancouver verpasst haben und bei Johnny im Krankenhaus haben sie mich dann nicht gefunden. Du siehst aus, als hättest du einen Boxkampf verloren. Ich bin so froh, dass du lebend von diesem Schiff runtergekommen bist."

„Danke, dass du nicht locker gelassen hast. Wenn du nicht die Initiative ergriffen und Johnny besucht hättest, der Rodney informiert hat, wäre ich jetzt tot. Als der Sicherheitsoffizier und der 2. Offizier in das Büro des Staff-Kapitäns eingedrungen sind, wollte mir der Lademeister gerade K.O.-Tropfen einflößen und mich anschließend über Bord werfen. Ich hatte schon mit meinem Leben abgeschlossen."

„Als ich dich gestern nicht mehr erreichen konnte, habe ich ein schlechtes Gefühl gehabt. Ich habe mich sofort auf den Weg zu Johnny gemacht, um die Wahrheit herauszufinden."

„Es tut mir so leid, dass ich dich und einige andere in Gefahr gebracht habe. Aber wenn ihr mich nicht unterstützt und mir Informationen besorgt hättet, dann wären die beiden ungeschoren davon gekommen und hätten weiterhin mit Kokain gehandelt. Für die Polizei stand nach der Spurensicherung in Ketchikan auch fest, dass Kim Selbstmord begangen hat. Niemand hätte weiter nachgeforscht. Wie geht es Johnny?"

„Er hat ziemlich viel abbekommen. Platzwunden, Gehirnerschütterung, mehrere Brüche. Aber er wird wieder ganz gesund. Die Arbeit auf einem Kreuzfahrtschiff hat er allerdings erst einmal satt. Er möchte eine längere Zeit bei seiner Familie auf den Philippinen verbringen, bevor er noch einmal auf einem Schiff anheuert."

„Hm. Es gibt einiges, was ich dir verheimlicht habe. Das wirst du …"

„Frau Miller?", fragt plötzlich eine Stimme.

Sie haben gar nicht bemerkt, dass sich zwei Polizisten genähert haben.

„Ja, die bin ich."

„Würden Sie uns bitte zur Polizeistation begleiten?"

„Ja, natürlich. Wir kommen mit dem Auto hinterher", verspricht sie, während der Kapitän und Rodney ins Taxi steigen.

Auf dem Polizeirevier geben Jamie und Matt ihre Aussagen zu Protokoll. Leider lassen sich dabei Matts und Sams illegale Tätigkeiten nicht verheimlichen, denn sie müssen das Geschehene detailliert schildern. Jamie spielt Kims merkwürdige Nachricht auf ihrer Mailbox ab, berichtet von dem Täuschungsversuch beim Geldabheben in Juneau und dem Überfall auf sie, bei dem sie Haare des Täters ausgerissen hat. Dabei kommt sie nicht drum herum, das Ergebnis der DNA-Analyse preiszugeben. Dann öffnet sie auf ihrem Smartphone einen Ordner mit Fotos, die Kim am Abend kurz vor ihrem Verschwinden zeigen und beweisen, dass sie nicht die Kette getragen hat, die die Polizei auf Deck 5 fand. Anschließend erzählt sie von Johnny, der ihr den Tipp mit Boot 4 gegeben hat und zuletzt von Victorias vermeintlichem Selbstmord und Matts Entdeckung auf dem Video der Überwachungskamera. Matt, Sam und ihr steht somit Ärger ins Haus. Was mit ihr geschieht, ist Jamie egal. Sie hofft jedoch, dass die beiden anderen einigermaßen glimpflich davonkommen und niemand seinen Job verliert. Schließlich haben sie dazu beigetragen, zwei Verbrechen aufzuklären.

Nachdem Jamie, Matt, Rodney, die beiden Offiziere und der Kapitän ihre Aussagen gemacht haben, erfahren sie, dass Staff-Kapitän und Lademeister vollumfängliche Geständnisse abgelegt haben.

Beide haben zugegeben, dass sie schon seit fünf Jahren auf dem Schiff mit Drogen dealen. Wenn die Starlight Symphony in den Wintermonaten Station in Kolumbien machte, wurde das Kokain an Bord geschmuggelt. Sie haben dabei mit einem Obst- und Gemüsehändler gemeinsame Sache gemacht. Dieser hat Bananen und Orangen geöffnet, ausgehöhlt und das Kokain, das der Lademeister zuvor von einem Drogenhändler dort hat anliefern lassen, darin versteckt. Das war der einfachste und sicherste Weg, es an Bord zu schmuggeln.

Die jeweiligen Obstkisten waren mit einem speziellen Hinweis versehen, damit Lademeister und Staff-Kapitän sie erkennen konnten. Da der Lademeister die Anlieferungen und Einlagerungen überwachte, ließ er die Kisten mit dem präparierten Obst stets in die hinterste Ecke bringen. Er wusste, wenn niemand mehr etwas aus dem Lager benötigte, konnten sie diese Zeiträume nutzen, um die Drogen aus den Orangen und Bananen zu entfernen und wegzuschaffen.

In vielen Städten, in die sie auf ihren Kreuzfahrten im jährlichen Rhythmus wiederkehrten, haben sie sich einen Abnehmerkreis aufgebaut. Es war stets so geplant, dass einer von ihnen in den Häfen Freizeit hat und sich mit den jeweiligen Abnehmern in Parks oder auf Parkplätzen von Supermärkten verabreden konnte. In der Zeit, wo das Schiff die Häfen über längere Zeit nicht anlief, übernahmen „Geschäftspartner" die

Belieferungen auf dem Landweg. Dieses System hat jahrelang reibungslos funktioniert.

Schwierigkeiten gab es erstmals, als Victoria nachts an Deck spazieren ging und den Lademeister dabei überraschte, als er Drogen aus seiner Jackentasche in das Boot legte. Er versteckte Victoria daraufhin in einem Hinterzimmer des Restaurants und überlegte, wie er das Problem lösen konnte. Mit Hilfe des Staff-Kapitäns entwickelte er den Plan, dass sie es wie einen Selbstmord aussehen lassen. Victoria wurde unter Medikamenteneinfluss gesetzt und unter massiver Bedrohung gezwungen, im kameraüberwachten Bereich von Bord zu springen. Somit kamen keine unangenehmen Fragen auf und die beiden konnten ihr Geschäft fortführen. Zwei Jahre lang lief ihr Geschäftsmodell ohne Probleme weiter. Dann kam Kim. Sie überraschte den Lademeister, als er Nachschub aus Boot 4 holen wollte. Er folgte ihr und sah, dass sie telefonierte. Von hinten hielt er ihr den Mund zu und schleuderte sie gegen eine Wand, weil sie sich heftig wehrte. Natürlich hat er mit dem Übergriff solange gewartet, bis sie sich in einem nicht überwachten Bereich befanden. Da Kim bewusstlos war, warf er sie sofort über Bord. Ohne Zeugen. Ohne Spuren zu hinterlassen. In ihrer Kabine entwendete der Lademeister die Kette, um sie an der Reling zu platzieren, damit es wie Selbstmord aussieht. Da Jamie nicht daran glaubte, dass ihre Schwester freiwillig von Bord gesprungen war, wollte er in Juneau mit Hilfe einer Kollegin ein Ablenkungsmanöver starten und sie hoben Geld von Kims Konto ab. Dafür haben sie sich extra vom Showensemble eine blonde Perücke geliehen, die Kims Frisur ähnelte. Dazu trug die Kollegin Kims Halstuch, das sich gelöst hat, als er sie über Bord warf und das der Staff-Kapitän in einem Karton mit Kokain versteckt hielt. Der Lademeister gab weiterhin zu, Jamie überfallen und Johnny die Treppe im Maschinenraum hinuntergeworfen zu haben. Er wollte den Handwerker töten und es wie einen Unfall aussehen lassen, denn Johnny hat sowohl ihn als auch den Staff-Kapitän mit Kokain und dem Halstuch der Toten erwischt. Er wollte um jeden Preis verhindern, dass er Jamie darüber informieren konnte.

Der gut durchdachte Handel mit Kokain war für die beiden Männer ein einträgliches Geschäft gewesen. Mit ihrem Nebenverdienst konnten sie ein stattliches Vermögen ansammeln. Dieses werden sie in der nächsten Zeit allerdings nicht genießen können, da sie für sehr lange Zeit ins Gefängnis wandern werden.

Als Jamie und Matt Stunden später das Revier verlassen und zum Flughafen nach Anchorage fahren, steht für Jamie fest, dass sie nie wieder in ihrem Leben ein Schiff betreten wird. Der Gedanke, dass ihre Schwester ermordet wurde und keine Chance besteht, jemals ihre Leiche zu finden, ist kaum zu begreifen.

Sie wird sich eine Auszeit von ihrem Job als Journalistin nehmen, ein Haus an der Ostküste der USA mieten und einen Thriller darüber schreiben, was in der letzten Woche auf diesem Schiff passiert ist. Der Erlös aus den Verkäufen soll zu großen Teilen an Johnny, Rodney und ihre Freunde fließen, die ihr Leben und ihre Jobs für sie riskiert haben.

Bisher von Stephanie Werner erschienen:

Zerbrochenes Eis

BoD, Norderstedt, 2012
ISBN 9-783848-206131
Broschiert, 10,90 €

Zum Inhalt:

In den norwegischen Wäldern nahe Geilo wird vor einer ab-
gebrannten Hütte die Leiche einer jungen Schriftstellerin entdeckt. Ein am Tatort gefundenes Foto zeigt zwei ehemalige
Schulfreundinnen und einen Schulfreund der ermittelnden
Kommissarin Lena Nylund. Eine dieser Frauen kam vor vielen
Jahren bei einem Autounfall ums Leben, während die andere
und der Mann am gleichen Tag spurlos verschwanden.
Wer ist die tote Schriftstellerin wirklich und in welcher Beziehung stand sie zu den Schulfreunden der Kommissarin? Die
Ermittlungen werden für Lena zu einer Reise in ihre Vergan-
genheit, bei der sie in Lebensgefahr gerät.

Eiskalte Seele

BoD, Norderstedt, 2014
ISBN 9-783735-762184
Broschiert, 10,90 €

Zum Inhalt:

Der erfolgreiche Geschäftsmann Kurt Storm wird in seinem Haus in Wiehl brutal ermordet. Schnell stoßen die Kommissare Julia Hauswald und Alexander Thiele bei ihren Ermittlungen auf erschütternde Lebensgeschichten, die sowohl Storms Nachbarn, als auch seiner Familie Motive liefern. Ist es einer der Nachbarn gewesen, dessen Leben durch das skrupellose Verhalten des Geschäftsmannes zerstört wurde? Oder war es jemand aus seiner Familie, die er zeitlebens tyrannisiert hat? Erst als ein zweiter Mord geschieht, erhalten die Kommissare entscheidende Hinweise.

Reisegeschichten aus nördlichen Regionen:

Gletscher, Eis und wilde Tiere
Unterwegs in Grönland, Spitzbergen und Alaska

BoD, Norderstedt, 2017
ISBN 9-783744-834957
Broschiert, 10,99 €

Zum Inhalt:

Grönland, Spitzbergen, Alaska: Diese Regionen stehen für atemberaubende Landschaften, endlose Weiten und wilde Tiere. Mit dem Schiff reiste Stephanie Werner in die teils abgelegenen Gebiete, von denen jedes einzelne einen ganz besonderen Reiz besitzt. In Grönland besuchte sie abgeschiedene Siedlungen, und bewunderte gigantische Eisberge, während sie auf Spitzbergen mit dem Schlauchboot in Gegenden anlandete, die nur selten von Menschen betreten werden, und Eisbären beobachtete. Mit der Reise nach Alaska erfüllte sich schließlich ein lang gehegter Traum von kalbenden Gletschern, Walen und Braunbären.